HEINAZHI
DANDINGJUN

嘿，那只淡定君

狸子小姐
/
著

余 生 多 甜 蜜 系 列 01

贵州出版集团
贵州人民出版社

狸子小姐 | 小花阅读签约作者

选择恐惧症重症患者,路痴,无方向感,迷糊,死宅、吃货,间歇性休眠。最高纪录是一个月清醒时间不到四分之一,唯一的解药就是帅哥美女和美食。
当然,看小说好像效果也不错。
伙伴昵称:琳达

已出版:《有时甜》《美好如你》《逆袭之星途闪耀》《幸而春信至》
即将上市:《幸而春信至2·星辰》《嘿,那只淡定君》

作者前言
此始此终，唯念不改

敲完文档上的最后一个字，我端坐在空旷的黑暗中，电脑隐隐的光在这样的环境里显得异常扎眼。

还是要在一起啊。

这是此刻我内心的一声轻叹。

没有一个很美好的开始，让一只不畏艰险、明媚阳光的小乌龟，选择将自己缩在壳里；让一只淡然骄傲的老鹰，选择远行。

归来时，他站在五尺讲台，依旧玉树临风让人着迷；她坐于众人之中，紧张且小心翼翼，独立又温暖。

这就是牧老师和宿小姐的故事开端。

不过是为了顺应大人心愿，不过是为了还清所谓的人情，他不爱她，她亦不对这段婚姻抱有幻想。

是在什么时候，她念他泛至点滴，他疼她深入骨髓。

或许他们都没发现，对的人，是不会分场合、分情况、分时间到来的，而经过漫漫时光，你会发现，有一个人，让你内心温暖，不惧酷寒；让你疼惜不舍，心许未来。

"不想摔倒的话，就别放手。"

这是宿小姐在嫁给牧老师时，他的无意一语，也是在此后冗长未来他们都将履行的信念。

她也曾灰心绝望，她也曾胆怯退场，她说：他们之间的地基是浮冰，抱得越紧，越易融化。是他让她知道，冰层之下，究竟是彻骨潮水，还是坚实大地。

而不放手，才能知道结局。

其实，世间的任何感情，都不是随便可以放手的。

像我和小花，和小花里面的每一个小伙伴，和那些陪伴我度过迷茫期似老师似朋友的编辑姐姐，都不是可以轻易放手的。

曾在迷茫时得到的无数鼓励，曾经历过的任何时节，从尴尬相见，到欢笑互怼，都值得人回味。虽然前几天还和晏生拔刀相向，虽然前几天还和伞大喊绝交，让姜辜早餐solo吃粉，甚至拒绝了姜辜相邀一起上厕所的邀请，但是谁说我们就不是相亲相爱的小伙伴呢？

某一天，伞忽然一本正经地问我，你以后会怎么样形容晏生？也许不过是她正好听到当时旁边传来的刘若英的《后来》才作此发问，而我也不过随口回答了两个字："很好。"

我想就该是很好的，像寒冬难得见到的阳光，温暖并不灼烈。这就是我在这里遇见的他们，在某个下着雪的长沙遇见的他们，让人欢喜不舍的他们。

生于寒夜，终于春朝。

这是我写这个故事时经历的风景，也是这个故事的开始与结尾。

从互不喜欢到割舍不得，他们的故事是千万人中最平凡的一种，没有那么多爱得死去活来，也没有从一而终的青梅竹马，他们像两粒被强行种于一处的种子，从幻想分开，到试着开花，最后根枝相依。

他们的故事更像爷爷奶奶那一辈的爱情，婚嫁一人，经历磨难，携手一生。

此始此终，唯念不改。

狸子小姐

伴读小甜品

心甜意10分 —— 红豆双皮奶

甜蜜度：★★★★★

狸子小姐

　　不喜欢太干，不喜欢太甜，不喜欢奇奇怪怪的味道，到最后，能够想到的就只有双皮奶了。不会说它是让我吃过一次之后，就欲罢不能的美食。

　　淡淡的甜味，淡淡的牛奶香，不管是从颜色还是味道，都不会给人太浓烈的感觉，却又好像刚刚好。嗯，好像有点像牧老师和宿小姐。

雁痕

　　说起双皮奶，它绝对是夏季甜品的热款之一。我特别喜欢在厚厚的红豆上，再淋一层浓浓的巧克力奶茶，虽然听起来很高热量，但是口感真是特别棒！不过，这种浓而不腻，丝丝滑滑的感觉还真像牧老师后知后觉的恋爱蜜度呢。

目 录

嘿，那只淡定君

001 / **楔 子**
意外，总是无期而至。

004 / **第一章**
他们的地基，不是沙堆，而是浮冰，温度越高，越易融化。

025 / **第二章**
嫁到牧家来，都是我的决定，一点都不随随便便。

049 / **第三章**
她觉得他变得有些奇怪，像是藏满了心事，让人有些心疼。

074 / **第四章**
既然我们已经种在一起了，也许尝试着开出花来，才不是最坏的结果。

093 / **第五章**
这是我们俩的家，这里的一切属于你，包括我。

115 / **第六章**
这是一条漆黑的路，磕绊悬崖都无法预料，甚至一不小心就会万劫不复。

目　录
嘿，那只淡定君

141　／　**第七章**
他觉得自己就是个浑蛋，一个彻头彻尾的浑蛋。

160　／　**第八章**
是什么东西，在长久的岁月中开始发酵、繁衍，直至势不可当。

181　／　**第九章**
时春，浮冰化了，也许会是春暖花开也不一定。

204　／　**第十章**
谢谢你，没有放弃，谢谢你，爱我。

238　／　**番外一**
牧休言 · 我在后悔，没有早点爱上你。

242　／　**番外二**
卞和 · 多想告诉她，他想她，每个细胞都在想。

楔 子 ///

意外，总是无期而至。

夏天的蝉总是喧闹得让人心烦，时春笔直地坐在镜子前，里面那个头一次化着精致妆容、一袭白纱的人，看得她蓦然间有些恍惚。

结婚？

对她这个年纪的人来说，似乎并不是一件必须仓促决定的事。

可她的……时春叹了口气，也许并没有那么糟糕吧。

半个月前，关薇在送生日礼物祝她早点谈场恋爱的时候，她还只是一个单身少女，谁曾想到，不过半个月时间，她连婚礼都一并办了呢。

意外，总是无期而至。

她苦笑着，随意地将落下的几缕发丝别在耳后。化妆师不知道因为什么原因出去了，空荡荡的化妆间里只剩下了她一个。

"这是什么表情？"

闻言，时春错愕地抬起头，看着镜中忽然多出来的人。

黑色的西装穿在他身上很是得体，拍婚纱照的时候，摄影师一个劲地夸他们郎才女貌，可时春知道，他的优秀，是她望尘莫及的。

脸上一如往日的冷漠，从她六岁第一次郑重地认识他时，就一直有的冷漠，嘴唇轻抿、眉头微皱——他在恼怒。只消一眼，时春就看出了他的情绪。

"抱歉。"她迅速地盖住惊讶，微微敛了敛眸，心想：他是真的愿意娶自己吗？

关于这段婚姻，他们没有插言半句，一切都是照着大人的意愿，他们清楚，牧爷爷决定的事情，连她爷爷都反抗不了，何况是他们。在司令位置上坐过大半岁数的人，光一个眼神，就足够让人胆怯，更不说是端着架子的命令。

牧休言表情一怔，却又迅速盖了过去，没有再说什么，转身朝着门外走去，末了又想起来，回头说道："你不走，还想让外面的人等多久？"

时春这才注意到，刚才一时的失神，竟然已经到时间了，难怪他会进来找自己。

她连忙慌乱地跟上，甚至忘记了自己是第一次穿高跟鞋，稍有不慎就会摔个鼻青脸肿，幸好牧休言伸手扶住她。

"谢谢。"

他温热的手掌让她有些慌乱，她下意识地想缩回手，却被他更用力地握住。

"不想摔的话，就别放手。"他没好气地说着，却是将脚下的步伐放慢。

满室的欢颜笑语，让时春有些晃神，随即合群地露出笑脸，不远处的牧休言估计也和她想的一样，深情款款的样子，让她有一瞬陷下去的想法。

或许，她又真的陷进去了呢……

第一章 ///

> 他们的地基，不是沙堆，而是浮冰，
> 温度越高，越易融化。

01

明明已经到了九月，可天气依旧热得让人焦躁，这栋老教学楼用的还是老式吊扇，哪怕是拼了命地转，也不见得有几分作用。

时春老早就到了教室，作为设计院被各科老师看好的人，偏偏在高数上摔了一跤，而且摔得不轻。

已经大四的她，明明排着满满当当的专业课和选修课，却还要挤出时间，和低她两届的学弟学妹端正地坐在教室，迎接着高数对她新一轮的洗礼。

电话和上课铃声同时响起，时春看了看来电显示——牧家。

她朝门口望了望，在没有发现老师的身影后，迅速接通电话。前几天，牧爷爷因为感冒去了一次医院，她当时正好在省外，后来因为开学的事情也就没空去牧家，牧爷爷该是不高兴了。

"爷爷，在上课呢，我保证，下课后就去看你。"时春尽量降低声音，眼睛时不时地望向门口。这个老师是出了名的严苛，她并不想一开学就被他抓住把柄，毕竟她可不希望大家都顺利实习毕业，而她还要留下来继续学业。

对于时春，牧爷爷总是有多一份疼爱，他笑呵呵的，也不生气："不说这个，休言回来了，刚好去你们学校，我叫他等下接你一起过来。"

牧休言……回来了？！

时春脸上的表情从惊讶到疑惑不过半秒时间，牧休言，那个于她来说陌生疏远，却又必须亲密的人，那个在两年前和她结婚，却又立马出国没有再出现的人，真的回来了？

她不确定地问了一遍："什么？"

"学位拿到了，还待在国外干什么？"牧爷爷显然因为这件事动怒了，连说话的声音都重了几分。

时春并没有注意到这些变化，从听到牧休言回来开始，她就有些失神。如果不是牧家的存在时刻提醒着，她甚至都忘记了，自己已经是一个已婚人士。

而另一个当事人——牧休言，她的丈夫，就像是一个虚拟的存在。两年前，他们结婚，自那之后，他出国求学，她留在桑中，那场婚姻于他们就像是场雾，风一过就散得了无影踪。

在学校里，她不过是一个安分守己的学生，该上课时上课，该休息时休息；出了校门，她照旧是个二十出头的小姑娘。

他亦不曾念及她半分，若不是在牧爷爷的命令下偶尔通个电话，他们完全就像是两个陌生人。

顾及时春还在上课，牧爷爷也不啰唆："那你记得等他。"

时春无奈地刚想要答应，却在开口的那一刻顿了顿，涩涩地说道："我想……也许用不着我等了。"

空气在牧休言进来的那一刻像是凝在了一起，片刻后，才有细细碎碎的讨论声。时春就是在这一片讨论声中，看见自门口径直走向讲台的他，回答着牧爷爷的话。

电话里牧爷爷说的那些，都抵不上他真实地站在面前带给她的冲击。哪怕两年未见，可时春还是一眼就认出了他，好像瘦了，好像黑了……

不过仅一瞬间，她就发现，那些都变得不重要了。

因为天气的原因，素白衬衫的袖子半挽着，这个人，不管站在哪儿，都会给人一种压迫感，大概是来自牧爷爷的遗传吧，时春想。

她尽量挺直腰背，却又将头埋下，以此掩饰这一刻的慌乱，哪怕他什么都没做，哪怕已经听牧爷爷提起过，她还是有些不知所措。

牧休言一进门就注意到了正中间的她，那个位置，不在最前面，也不在最边上，周围满是人头，倒是很好将自己藏起来，确实是她一贯的行事风格。

他没有将目光过多地停留在她身上，就如她也没有刻意地表现出对他的熟识。

将整个教室扫视一番之后，待大家自觉地安静下来，牧休言才淡淡地开口:"解释一下,你们之前选的老师因为家里的关系,暂时不能过来,以后这门课将由我来教。"

"牧休言,我的名字。"

话音落下的同时,黑板上赫然出现三个漂亮的字。时春还是将头埋着,恨不得这一堂课就这么过去,而他不会注意到自己。

02

紧随其后的是大家的掌声,说好奇必定是有的,以前愿意留在设计院教高数的老师,要不就是高高瘦瘦一脸猥琐,要不就是福态横生聪明绝顶,哪里会有这样玉树临风气宇不凡的。

果然,不用任何人提醒,胆子大的就已经举手示意了起来:"老师,我们能问你几个问题吗?"

牧休言对这样的情况似乎并不陌生,微微点了点头,道:"三个,问完我开始上课。"

一个胆大的女生几乎是脱口而出:"老师,您多大?"

"二十七。"牧休言出于礼貌地浅笑着,回答得很简洁。

虽然牧休言看上去不过二十出头的样子,可是听到这样的回答大家还是吃惊。按照桑大的传统来说,能够来这里教书,而且一来就直接站在课堂上的老师,最少也该三十出头,他这样的着实少见。

"老师能分享一下求学经历吗?"

牧休言没有拒绝。

"桑大商学院数学专业毕业,刚从巴斯大学回来。"他并没有提及自己其实是双料硕士，单是这些信息应该足够他们对他产生崇拜，这样会让以后的课堂轻松很多，牧休言把握得很好。

巴斯大学，是英国公认的最好的商学院，对于数学成绩也是高到苛刻，单凭这一点，牧休言就已经有足够的能力教他们高数。这一些，时春知道，在牧休言出国后，她曾查过那所学校的详细信息。

果然，牧休言话音一落下，大家脸上无不写满崇拜，到最后一个问题的时候，大家却忽然沉默了，窸窸窣窣地讨论了半天，却都不知道怎么开口。

等了半天的时春疑惑地朝两边看了看，动作不大，正在想大家怎么回事的时候，她旁边一个男生忽然站起来，指着时春问道："老师，她让我问一下，您有女朋友了吗？"

本来望着牧休言的目光，瞬间聚到了时春这里，有探究的、看好戏的，当然也有不少表扬的，大家的焦点最后又回到牧休言身上，期待着他的回答。

牧休言抬头看向时春，像是在犹豫着应该怎么回答。被他这么一看，时春的脸霎时红到耳根，不知道应该怎么解释，只得瞪着说话那人："林一，你胡说什么！"像是在为自己证明清白。

她早就发现坐在自己旁边的林一，他比她低两届，设计天赋了得，从认识开始，两人就水火不容，就连这种时候也不忘拉她下水。

本来准备回答的牧休言，眉毛拧在了一块，不是因为那个问题，而是时春的反应，一副恨不得和自己毫无关系的样子，他应该不至于拿不出手吧。

他环视了一下周围,目光最后回到林一身上,认真地回答:"没有。"

那些因为这个问题而紧张的女生松了口气,面露喜色,暗自窃喜着。

"我结婚了。"

"啪"的一声,时春手上的书掉到地上的声音大到整个教室都听到了。从结婚到现在,牧休言似乎都是排斥这场婚姻的,所以才会在新婚之夜,宁愿睡地板;才会在第二天告诉她,他要出国,甚至连再见都没有和她说。

四目相对时,时春心里一惊,暗暗为自己的激动而懊恼,他明明只是说明了事实,可在她听来就像是忽然听到他认同了这段婚姻一般。

时春赶紧埋下头去捡地上的书,那些本来窃喜着的女生,现在都在唉声叹气,嘴里讨论着牧休言会找一个什么样的女生,她装作没听到似的捡起书,眼神闪躲。

旁边的林一嘲讽似的问她现在是不是很难过,时春没有空去理,脑子里混乱到一片空白。牧休言,总是可以轻而易举地就搅得她内心天翻地覆。

"好了,现在开始上课,补充一句,她很好。"

这次时春反倒平静了下来,与那些唉声叹气、却又不得不拿出书来听课的女生不同,她甚至连多看一眼牧休言都没有。她忽然明白,这也许和之前他所说的求学经历一样,也是牧休言想要达到的效果,哪怕他现在没有结婚，他也会这样说，只是为了避免不必要的麻烦，没有其他原因。

　　人啊，没有结婚，是一块上好的牛排，谁都可以凑上去蹭上两口，而一旦结婚，就只是一碗隔夜饭，再想招苍蝇还是招什么，取决于他是想放在锅里，还是摆在桌上。牧休言显然将自己放在了锅里，而且还是一口不错的锅。

　　这样想着，在这样晴朗的天气里心里却像是下起了小雨，潮湿，且阴冷。

　　不得不说，牧休言确实是一个很优秀的老师，说话简洁，对于问题的解释也很简单明了，相比于时春遇上的众多老师而言，他无疑是很不错的。

　　时间也把握得很好，下课铃声响起的时候，他正好讲完这节课的内容，合上书。

　　不是不想面对，而是不知道应该怎么面对。

　　时春慢吞吞地拖延着时间，想着等大家都走了，再去找牧休言也不迟，不过牧休言似乎并没有这么好心。

　　"宿时春，跟我去一趟办公室。"本来已经走到门口的牧休言忽然回头，冲她道。

　　这一举动无疑引起了大家的关注。

　　时春本来收拾东西的手一顿，在多数人同情担忧的目光下，快步地跟上。

03

　　车厢内,气压低沉得让时春有些喘不过气来,牧休言并没有带她去所谓的办公室,而是直接去了商学院,因为他的车停在那儿。他始终是个孝顺的人,所以即便是再不愿意,也不会违抗牧爷爷的命令。

　　一路上,两人都默契地没有主动开口,时春是不知道应该怎么开口,而牧休言,只是单纯不想说话,讲了整整一节课,嗓子好不到哪儿去。

　　这种状态一直持续到两人到达牧宅。

　　牧宅是早年间牧爷爷建下的,整个房子都是牧奶奶亲自设计的,独门独户的小院,房间很多,住上一家子人,温馨又热闹。唯一的缺点就是离市区远,适合颐养天年,却不适合他们这个忙东忙西的年纪,目前也就只有准备退休的大伯一家住了过来,然后就是早年间照顾牧爷爷的警卫员夫妻俩。

　　牧父牧母因为工作的关系还没有赶过来,出来迎接的是牧休言的大伯和大伯母。

　　"大伯,大伯母。"两人礼貌地打着招呼,手里提着牧休言从国外带回来的一些礼物,一一送给他们,甚至还不忘李叔、云姨两人。

　　牧爷爷大概还在生气,故意没给牧休言什么好脸色,只顾拉着时春和自己一起下棋。

　　牧休言也不介意,干脆和大伯出去转了转。

　　牧父牧母回来的时候,云姨正在准备晚餐。

考虑到牧爷爷前几天感冒刚好,时春并没有和牧爷爷下多久的棋,就去了院里,在小椅子上坐了好久,直到牧母过来。

"时春,愿不愿意和妈谈谈?"

闻言,时春笑着往旁边挪了挪,空出一个位置来:"您有事可以直说的。"

对于时春的措辞,牧母并没有纠正,和善地笑着建议:"现在休言回来了,你也从宿舍搬出来吧,那边的房子我已经叫人收拾过,这是你当年交到我手上的钥匙。"

时春看着牧母手上的那串钥匙,在牧休言出国后,她并没有在牧家事先准备好的新房里住下,而是如之前一般,放假回宿家,开学住宿舍。当年她给出的理由是一个人住在那么大的公寓,总觉得空荡荡的,牧母也就没有强求,任由她自己决定。现在是要住过去了吗?她不确定。

"我还是住宿舍吧,上课方便。"时春犹豫了一会儿,婉言拒绝。她想,自己和牧休言现在并不适合住在一起。

"担心休言不乐意?"

时春摇了摇头:"他怎么想我不知道,不过既然已成事实,就顺其自然吧,倒是让妈操心了。"

虽是这样说,其实更多的是她也不确定和牧休言之间究竟是什么,能够发生什么,最后得到什么?他们就像是两个被强行拉在一起的个体,无论从身心还是灵魂,都是分离的。

时春在结婚后才知道,牧休言曾经因为结婚的事,和牧爷爷吵过,至于最后怎么解决的她不知道,但这些就已经足够让她了解,牧休言厌恶这场婚姻。

牧母到底是通情理的，叹了口气，也不强求，却还是将钥匙塞进时春手里："这串钥匙我拿着也不合适，至于别的，随你俩吧。"说着，起身离开。

时春看着牧母离开的方向，心竟然开始乱了起来，手里的钥匙像是有千斤重，坠得她手生疼。

早在婚礼之前，牧爷爷曾单独找过她。

地点在一家茶馆，在那之前，牧家人已经来家里说过结婚的事，两边大人并不认为有什么不妥，毕竟是早些年就定下来的，虽然没有人刻意地提起，但终归是记着的，除了她和牧休言。

也是，这个年代，谁还会相信什么娃娃亲，什么父母之命，嫁娶自然是由自己决定的，但这并不表示她和牧休言也可以这样。

牧爷爷早些年在部队的时候，宿爷爷是他的副官，有一次因为执行任务，宿爷爷为救牧爷爷而差点丧命，千难万险地救了回来之后，因为身体原因，只得退伍回到桐湾县城。当时牧爷爷就说，以后宿家的事情就是牧家的事。

后来，宿时春的父亲在外面荒唐闹事，又带着别的女人跑了。牧爷爷听说后，便让牧休言长大后娶时春，说，家里总还是需要一个男人的。

那时候，时春六岁，牧休言十一岁。

"休言这孩子，虽然冷冰冰的，其实心比谁都善。"是牧爷爷先开启的话题，虽然婚姻是早年就定下的，可说到底，时春对牧家还是陌生的。

她并没有开口，只是安静地听着，必要的时候点点头。

这些年，牧家给宿家的不是一点点恩惠，虽不拿出来说，但她记得很清楚。

"这些年，我一直把你当作自己的亲孙女一样看待，休言娶你也是我的愿望，你要是不愿意，可以现在就跟我说的。"

不愿意？牧休言那么优秀，怎么有人会不愿意嫁给他？何况，凭着这些年牧家对宿家做的那些，她又哪里有拒绝的机会，就算是牧家要她的这条命，她也应该毫无怨言地双手奉上。

"牧爷爷，我没有不愿意，只是觉得有些突然。"时春淡淡笑着，尽量表现出很开心的样子。

"那就好，那就好……"得到准确回答的牧爷爷似乎很高兴，一直点着头，连着说了好几句"那就好"，脸上满是笑意，"还担心我们这样决定会惹你不开心呢。"

时春笑着摇头："没有的事，牧爷爷你就放宽心吧。"

这样的恩赐，就算是不开心，她也不能说出来，只不过，她和牧休言，真的会像大家期盼的那样吗？时至今日，她都还不知道结果。

04

饭桌上，大概是因为牧休言回来的原因，牧爷爷明面上虽然什么都不说，但心里其实挺开心的，时春看得出来。

回去的路上，时春也就想着顺便说上两句，毕竟是她的原因才导致牧休言和爷爷的关系闹成这样。

"爷爷其实挺想你的。"车子刚驶出大院,时春踌躇着说出来,首先是因为牧爷爷的事情;再者,她并不适应车厢内死寂般的沉默。

牧休言认真地开着车,只是淡淡地说了一句:"我知道。"

既然如此,时春也就不能再多说什么,只好识趣地闭嘴。

这样,车厢内又陷入了和来时一样的沉寂,牧休言显然也注意到了这点,遂随手放了张盘进去,是纯音乐。

听这样的曲子,时春总是容易出神,等反应过来的时候,才发现车子前往的方向是牧母前面说的那套公寓。

"我不住那边。"她显得有些慌乱。

牧休言显得有些疑惑,微皱起眉头,却还是说:"那我送你回宿舍。"然后就近找了个路口,掉转车头开往桑大。

"谢谢。"

时春提前跟牧休言说了停车,下车的时候,又忽然想到什么,准备下车的动作因此顿住,转过头来:"下午的课上,那个……"

"我知道是怎么回事。"牧休言的语气依旧是冷冰冰的,从后视镜里看了一眼时春。

"在学校的时候,我们的关系,能不能不挑明?"时春像是有些急切般地说,看着他的眼神闪过一丝紧张。

直到他点了点头,她才郑重地说了句谢谢,转身离开,脚步急促到恨不得马上离开这儿。

自己难道就这么见不得人？直到看着她走进学校，他才开车离开，那首曲子像是单曲循环般地一遍又一遍地放着，车已经回到了公寓楼下，他却迟迟没有下来。

不要命似的一根一根地抽着烟，他的烟瘾不重，只是现在他可能需要思考一些问题。

关于宿时春，他一直不知道她到底哪一点讨爷爷喜欢，不会说话，不会打扮，甚至连基本的讨好都不会。自己回来，她就没有半点怨言要对自己吐诉吗？

还是说她根本就不在意，将这段婚姻的命运交到了他的手上，于是此后，从不过问，从不言及。

还真是会偷懒呢，是合是分她都不管，潇潇洒洒来去自如，哪怕下一秒离婚她也能收拾东西立即就走，或者说，她连东西都不用收拾。

回到宿舍，室友还没有睡下，一进门，时春就被忽然蹿出来的于静姝拦着追问："听说设计院来了一个超帅的高数老师？"

时春本来就紧张了一路，现在被她这么一吓，整个人像是受到刺激般地一哆嗦，稍稍平静后，越过她回到自己桌前，无奈地回答："应该是的，你自己打听到的消息你自己还不相信？"

于静姝也不在意，好奇地凑到时春旁边，追问："那都不是重点，问题是，他在办公室里和你说了什么？"

经她提醒，时春才想起下午自己是以去办公室为由被牧休言带去牧家的，看来自己单纯地以为能在学校和他划清界限这条路，并不是那么顺畅。

"我希望你摆正自己的态度,我虽然不反对学生问我任何问题,但我还是希望学生能够尊重我的课堂,你和那个男生有什么过节,和我无关,我并不比之前的高数老师好说话到哪儿去。"时春回忆着牧休言说话的方式,随口胡诌着。

于静姝显然不相信:"就说了这些?"

"新老师一来,就被问有没有女朋友,还被我扰乱课堂,带去办公室教育几句,顺便拿我这些年的高数成绩来说事,情理之中。"时春无奈地耸了耸肩,并不打算继续讨论这个问题,拿着衣服去了浴室。

05

关薇能够迅速地得到消息来找自己,也是时春早就想到的,对于牧休言,关薇对他总是竖起身上的刺,也不知道牧休言到底哪里得罪了她。

"宿时春,我命令你现在、立刻给我下楼。"

周末一大早,时春刚刚转醒,就接到了关薇的电话,语气严肃且气愤。

时春看了看时间,才不过早上八点,关薇就大老远地从桑中师大过来,还真是难为她了。

"我还在床上,你应该不介意在楼下等我十分钟吧?"时春看了看自己身上的衣服,讨好似的问。

"你再和我啰唆!"关薇没好气地在电话里面骂骂咧咧着。

时春已经识相地挂了电话,她可不想见到一个炸了毛的关薇。

关薇，是和她从小玩到大的朋友，比她大不了多少，却像个姐姐一样照顾着她，会因为她的成功而兴奋雀跃，会因为她受欺负而暴躁冲动。于时春而言，关薇更像是姐姐，两人亲密至极。

对于关薇，时春还是能够轻松地拿捏住的，见此情景，立即飞速地换好衣服，跑下楼，不等关薇发话，一把挽住她的胳膊，笑嘻嘻地说："难得关大美女千里迢迢过来，走，带你去吃好吃的。"

关薇没好气地瞪着她："少给我来这套，牧休言回来了？"

果然是因为这件事，如此，时春也就没有什么好隐瞒的，作为为数不多知道牧休言和她结婚的知情人士，关薇也是为数不多的劝她早点离婚的人。用关薇的话说："结婚，那是两个灵魂找到一个契合的港湾，决定共此一生，而你和牧休言，那就是强行在沙堆上修了个堤坝，蚁穴横生，早晚会垮。"

这一点时春没办法反驳，不过，她觉得，他们的地基，不是沙堆，而是浮冰，靠得越近，温度越高，越易融化。

"你应该改行当侦探，肯定比你毕业之后教书有出息。"

关薇恨铁不成钢地骂："现在是说那些事情的时候？他回来，你们打算怎么办？"

怎么办？他们之间好像怎么办都和她无关吧，结婚是牧爷爷决定的，婚后两人分割两地是他决定的，现在他回来好像两者都有，不过这些好像也轮不到她说话。

"通过高数，顺利毕业，然后找个地方实习、工作。"时春一脸认真地和关薇说着。这些都是时春的打算，说起来，她并没有把牧休言安排在自己的行程里。

"那是之前，我问的是现在。"

"都是一样的。"

关薇真是被她这副事不关己的样子给气炸了。

当年，听时春说要结婚的时候，她就是第一个站出来反对的，牧休言确实优秀，但是不代表每一个优秀的人，就适合当老公，她不希望看到时春受委屈。

她还想再说什么，但是时春已经将脸转向了别处，指着一堆建筑物里冒出来的一角："桑大文学院，邵学长的地盘。"

关薇顺着她手指的方向看了眼，除了房顶就是房顶，哪分得清什么跟什么，知道她在故意岔开话题，遂板着脸训着："这个还用你提醒？你能不能好好听我说句话？"

关于邵南行和关薇之间的恋情，时春只觉得不可思议，当年，桑大和桑中师范有一场辩论赛，两人都参与其中。

据说当时关薇被邵南行针对得完全说不出一句话来，结束后关薇愤愤离开，邵南行居然在这时候主动过去告白。

这种看似羞辱一样的行为，按照常理，关薇应该会立即扇他一巴掌，可事实却是，她同意了。

时春听说这事后，取笑关薇是看上了邵学长的美色，不过这不重要，因为他们现在似乎很幸福。

时春似笑非笑地朝着学校的食堂走去,任由着关薇在那儿吹鼻子瞪眼的。

她知道关薇不会对自己怎么样,否则也不会在自己结婚的时候,明明前一天还摔着东西教训自己,第二天还是乖乖地过来参加婚礼。

照着关薇的喜好点了一大堆东西,自己面前的却只是一碗绿豆粥。

关薇不客气地拿起来吃着,瞪着她的那碗粥,阴阳怪气地说:"怎么,牧休言一回来,还开始减起肥来了?"

"我等下要去图书馆找一批资料,邵学长会过来接你。"时春像是没有听到关薇的冷嘲热讽,将自己的安排说了出来。倒不是真的没时间来陪关薇,而是,她想单独待一会儿,牧休言这样毫无预兆地回来,她总归是需要时间来消化的。

关薇知道时春想要做什么,也就没有再强求。一从邵南行的口中得知牧休言回来的消息,她就马不停蹄地赶过来,看到时春好像并没有什么大碍之后,也就放下心来。关于牧休言,时春从来不和她多言半句,不过婚礼上的匆匆一瞥,足以让她感觉到,那个男人并不喜欢时春,至少当时是。

两人没吃几口,邵南行就赶了过来,看了看还在生气的关薇,顺势坐在她旁边,朝时春微微点了点头,算是打过招呼。

时春笑着指着桌上的东西:"邵学长,桌上的谢礼,你就看着收吧。"

知道时春是在说他随便透露消息,邵南行却也不在意:"在其位谋其职,谅解就好。"

文学院和设计院倒是隔着挺远的一段距离,早上在接到关薇电话之后,她立即给邵南行打了个电话。算起来,邵南行应该算是关薇安插在桑大的眼线,时刻注意着她的一举一动。

和关薇在一起后,他对关薇的宠爱简直令人发指,她总是觉得,关薇让他这个文学院大才子来做这些简直大材小用,应该招在身边,各种享受。

不过,时春也就只是在心里吐槽几句,自从她不声不响忽然结婚之后,关薇对她就不是一点的不放心。

找准时机的时春作势溜走,冲着邵南行说:"邵学长,好好照顾你家大美女,我就不打扰你们了。"

关薇板着脸不高兴地说:"我话还没说完呢。"

就一句话的时间,时春已经飞速地逃到了食堂门口,扬了扬手,说道:"那留着下次说。"

下次再说这样的借口显然是最好用的,鬼知道关薇下次记起来的时候是什么时候,何况她并不觉得自己和牧休言之间的事情是随聊个天,做个决定就能解决的。

06

从食堂溜走的时春去了趟图书馆,以前没事的时候,她也会往图书馆蹿,一个已婚人士的校园生活,显然要比别人简单得多,这次正好因为牧休言回来搅得心里有点乱,确实需要看点书静静心。

再次和牧休言见面是在一个星期之后，当时她因为专业课的课堂实践在城西的工地上参观，一直到课程结束，才想起下午还有一节高数课，紧赶慢赶地从那边过来之后，高数课已经结束。

林一在课后给她发过短信，说牧休言整节课都板着脸，下课之前特意强调过平时分占期末得分的百分之四十，他不希望任何人因为平时分而挂科。

她现在并没有心思理会林一看似嘲讽般的提醒，一路往牧休言的办公室冲去。

大概是受商学院重视，牧休言的办公室是单独的，桑大商学院是唯一一个压在设计院上头的院系，原因就是有钱，每年光校友赞助就能让他们拥有光鲜的外表。这也是设计院的高数老师一直不怎么样的原因，没有人会放弃商学院的好机会，来设计院面对一群天天和混凝土打交道的家伙。

站在办公室门口的时候，时春连气都喘不上来，一连做了好几次深呼吸才缓缓地抬起手叩门。

"进来。"冰冷的声音从里面传来，他似乎在生气，时春瞬间有打退堂鼓的想法，毕竟没有谁愿意往枪口上撞。

"那个，对不起。"时春一进去就被里面的冷气冻得一颤，却还是诚恳地道着歉。

对于牧休言，她总是有些畏惧，或者说是小心翼翼，生怕自己哪件事会惹他生气，哪怕牧休言从来没在她面前发过脾气。

之后是漫长的沉默，好一会儿后，牧休言才漫不经心地问了一句："课程很满？"

建筑设计专业的学生在最后一年学的都是一些专业性的知识，加上一些课程的老师会安排学生去工地学习，这样下来可能半天时间都耗在了外面，时间上确实宽裕不到哪儿去。

"没有，是我一开始没有考虑好时间问题。"时春并不打算和牧休言套近乎，像是对待其他老师一样一板一眼地解释着。

"知道是你的原因就好，之前的高数也是因为这样才挂科的？"牧休言问得很随意，整个过程中连头都不曾抬一下，疏远得好像两人不过是见过两次面的师生。

时春摇头，不知道牧休言想要表达什么，却也只能硬着头皮接着："是因为什么都不会，每次都考得很差。"

牧休言略带疑惑地抬头看着她，见她并没有和自己开玩笑之后，微愠地质问："知道什么都不会还旷课？"俨然一副严师的模样，让时春一怔，而这微怒的情绪恐怕是从下午上课，一直憋到现在吧。毕竟在第一堂课的时候他就说过，不喜欢任何敷衍课堂的人。

故此，时春只好做着保证："不会再有下次了。"

"那样最好。"牧休言也没有刁难她的打算，"不过，这次照样还是记旷课。"

"我知道。"

"你一直住在宿舍？"

时春本来已经准备出去的动作一顿，但是很快恢复过来，虽然不知道牧休言这么问的用意是什么，却还是点了点头。

　　得到回答后的牧休言，直接把时春晾在了那儿，开始忙手上的事，时春只得默默地退出办公室，轻轻地替他掩上门。

　　有时候她真不知道牧休言心里在想什么，明明不愿意结婚，却还是娶了她，明明应该讨厌她的，对她却还是和以前一样。

第二章 ///

> 嫁到牧家来，都是我的决定，一点都不随随便便。

01

林一像是故意等在外面寻找时机来嘲笑她，不等时春开口，就过来一把搭着她的肩膀，说道："怎么样，牧老师为人还算和蔼可亲吧？"

时春一弓身，从他的臂弯处逃走，站得远远的，刚刚那一刻，她忽然感觉后面有双眼睛在盯着似的。

她和牧休言说话的机会并不多，她也从来不为自己去寻找所谓的恰当时机，今天算是他俩交流最多的一天，不过这些，她没有必要和林一说。

"你不要误会，我这不是过来关心一下你，万一这个老师也不是那么容易糊弄，那我可不会留在原地等你的呢。"林一不死心地追上她，轻佻地说着，仿佛他的人生乐趣就是和她斗嘴。

时春淡然地看了他一眼，不明白他为什么总是喜欢和自己较劲，却还是接着道："我要不是为了和你一较高下，何必等到现在？"

"宿学姐,你当初考进桑大设计院真的没有作弊?"

时春恶狠狠地瞪了他一眼,当初考进桑大还真的是运气好,那一年题目出奇地难,尤其是数学,于是她会做的不会做的一顿瞎搞,结果居然考了比平时高一半的分数。而那些成绩好的反倒都被后面困难的题目给难住了,恰恰将整个的平均分拉了下来,她就这样轻轻松松地进了桑大,说起这事,她还在关薇面前得意了好几天呢。

"那你怎么总是被一个作弊进来的人压在底下?"时春毫不留情地反驳。

林一也不介意,干脆厚着脸皮说:"那还不是因为我不争不抢,不爱慕那些虚名。"

时春不客气地冷哼一声:"本事要是有脸皮长得快就好了。"

"学姐,你这样说我可不高兴。"

"最好被我气死。"

时春懒得和他在这里打嘴炮,今天在工地上转了一上午,累得半死,结果赶回来还在牧休言那里挨了一顿训。她并没有多余的精力再在这里瞎胡闹,由着林一在那儿发神经,径直往宿舍走去。

会从宿舍搬出去,时春其实早有预料,自牧母将钥匙还给她起,搬去和牧休言住,就只是早晚的问题。如果说牧母还钥匙只是提个醒,那牧爷爷一定是直接下命令强制他们执行。

牧休言回来之后,一周一次回牧宅的时间是推不了的,以前时春偶尔还会用学校有事这样的理由来拒绝,现在,一到了周五牧休言的电话就会直接打来，也不多说什么，只是告诉她在哪儿，不等她回答，他就直接挂了电话。

好在本来也就不是什么难事，时春也就懒得去推辞。

牧家的饭桌上，一般不会有人说话，"食不言寝不语"在牧家执行得很好。

牧爷爷主动开口的时候，完全是很少见的。

"时春，学校的事情很多吗？"他问得很漫不经心，可谁都听得出这只是一个引子。

该来的，永远躲不过。一向安静的饭桌因为牧爷爷的话而不得不停下筷子，作为主角的时春，只得觍着笑回答："今年差不多都是专业课，课程不多，但是需要做的事情有些多。"

"既然休言回来了，再忙也抽个时间搬出来吧，住在一起，总归是方便一些。"牧爷爷将话说得云淡风轻，但他们知道，这是牧爷爷惯用的下命令方式，也从侧面说明他现在心情还不错。

时春下意识地看向牧休言，发现他不过是继续吃着饭，好像事不关己，如此她也只能硬着头皮，注意着牧爷爷脸上的变化，谨慎地开口："爷爷，学校的事情确实很多，还是住在宿舍比较方便。"

"休言不是也在学校工作，怎么就不方便了？"

牧爷爷的脾气，时春还是知道的，可是和牧休言住在一起，这是她完全没有安排在行程里的，先不说这样一来两人的关系早晚会在学校暴露，更让她尴尬的是她根本就不知道应该怎么和牧休言相处。

她若是不知道牧休言不愿意跟自己结婚，还可以装疯卖傻、逢迎讨好，可现在，她觉得自己就是绑住了牧休言的海草，会拉着他坠入地狱的。

"爷爷，这……"

"这事我们自己会考虑。"牧休言显然听不惯他们俩旁若无人地在那儿讨论，明明这件事情必须要有自己的参与，他们这样，完全没有考虑过自己的想法。

"那你们什么时候会考虑好？"他一说完，牧爷爷就来气了，完全没有刚才对时春的好脾气，将筷子往碗上一扣，连说话都重了几分，"哪有年轻夫妻像你们这样。你自己说，你回来之后，你们见过几次面，别以为我不知道你心里打着什么算盘。"

时春还是第一次见牧爷爷这么生气，吓得不敢再说话，怯生生地看了眼牧休言发现他已经埋下头后，只能乖乖地跟着吃饭。虽说牧爷爷宠她，可恃宠而骄并不是什么明智的举动。

直到晚饭结束，饭桌上都静得出奇，饭后，牧母趁着大家不注意，语重心长地对时春说："时春，妈也没有说非要逼着你做什么，只是爷爷的脾气你也知道。"

时春闷闷的没有说话，她不知道应该怎样回答牧母，住在一起难道不是两个人的事情吗？怎么到她这里，总有点赶鸭子上架的味道。

牧母怎么会猜不到她在想什么，只好说："休言是识大体的，不会计较这些的。"

话已至此，她还能说什么，何况爷爷的身体并不好，要是因为他们出点什么事情，那就是罪大恶极了。

"那我去和爷爷说一下，免得他还在那儿怄着气。"时春甜甜一笑，仿佛刚才她的犹豫不定心事重重只是大家的错觉。

回去的车上，时春明显感觉得到牧休言在生气，想着也只可能是因为晚上的事情，只好不好意思地解释："那个，我是担心爷爷的身体，所以才那样说的。"

牧休言闷闷地应了一声，过了很久之后，才慢悠悠地开口："明天一大早我会过来接你。"

"可是我们……"

"我们不应该住在一起？"牧休言瞥了她一眼，"难道当初结婚的时候，你就没有想过这些？"

"我……好吧。"时春突然被牧休言问得哑然。她想过，可那是在他出国之前，他出国后，她就再也没有幻想过了。

牧休言并不想在这里和她啰唆，就连脚下的油门都踩重了几分，时春识趣地不再说话，任由着他将自己送到学校门口。

02

第二天，牧休言的车一早就停在宿舍楼下，顺便给时春打了个电话，也不催她，只是告诉她位置，免得她找不到。

"要不，我还是自己搬吧。"想了想，时春并不觉得宿舍楼下是一个合适的位置。

牧休言知道她的顾虑，却并没有同意她的建议。

"我的车平时停在商学院，这边没有几个人认识，今天又是周末，宿舍里的人不会太多。"

时春倒是忘记了，牧休言其实是设计院从商学院那边借过来的高数老师，实际上他是商学院的金融学老师，就连办公室都是设在商学院的。

即便是这样，她还是不放心："可是，万一……"

牧休言不耐烦地打断她的话："我在车上等你。"挂了电话。

时春拿着手机，无奈地撇了撇嘴，认命地收拾着东西。

"时春，楼下停着一辆豪车，你说我们这栋楼谁找了一个有钱人啊？"玩了一夜的于静姝一回来，就开始对着时春说着自己的新发现。

一个热衷于收集各种消息的人，自然对身边的蛛丝马迹都抱有最浓厚的兴趣，有时候时春在想，她应该去学新闻的，而不是做一个每天面对着数字和线条的设计师。

时春并没有兴趣听她八卦，却还是敷衍道："人家找什么人都和我们没有关系。"

"也对，咦，你这是要去哪儿？"于静姝这才注意到时春居然在在收拾行李，兴趣立即从刚才关于豪车的讨论，换到了时春身上。

时春这才想起，自己从宿舍搬出去是需要一个理由的，总不能说搬去和牧休言住在一起吧？关于自己已经结婚的事情，她并没有刻意说明，甚至没有人知道她已经结婚了。

"有些东西用不着就先搬些东西回去。"情急之下，时春只好胡乱地找了个理由，关于搬出去，她现在还想不到恰当的理由。

于静姝疑惑地看了她几眼，也就不再多问什么，伸了个懒腰，澡也不洗地往床上一躺，嘴里念叨着："还是你们这些家里离得近好，一个星期回家一趟都不成问题。"她当然没有看到，时春带走的那些哪里是用不着的。

时春没有往下接话，要是让于静姝知道自己是搬去牧休言家里，她恐怕就不只是躺在床上说几句风凉话，肯定会在第一时间弄得整个学院都知道。

上车之前，时春特意看了看周围，发现没有什么人后，迅速地将东西塞进后备厢，人往后座上一坐，赶紧给牧休言道歉。

牧休言倒是不介意在车里等了她这么久，将顺路过来买的早餐递给她，驾车离开。

他当然也知道她在顾虑什么，要不是等着那些在外面玩了一个通宵的人回宿舍，她也不会拖拖拉拉着在宿舍逗留半天的。

那边的新房时春其实没有去过几次，就是结婚那会儿去过，后来牧休言出国，她也就立即搬回了宿家，再后来也就是宿家和学校两地跑，可是位置，她却还是记得清清楚楚。

本以为，她应该是不会再住回来的，所以才会连着钥匙一块给了牧母，却没想到，她不仅住了回来，还是坐在牧休言的车上与他一起回来的。

当初结婚，房间里堆满了各种东西，即便是后来整理，也还是觉得乱糟糟的。后来她索性将自己的东西都搬了出去，这过程中，来去匆匆

· 031 ·

的，她甚至没来得及细看整个房子。

门口的鞋柜上摆着为数不多的几双鞋，大概是知道她今天搬过来，地上摆着一双女式拖鞋，粉红色的，款式简单，称不上好看，但也不算难看。时春犹豫着，最终还是穿上了。

牧休言也没有多少东西在这里，整个房间空荡荡的，像是随时就会被人遗忘似的，要不是垃圾桶里还有没来得及丢下去的外卖盒，根本看不出有人居住的痕迹。

牧休言拎着她的行李直接进了主卧，然后对她说："你就睡这里吧。"

时春无措地站在后面，这间房子只是在当初结婚时装修过，买了一些必要的家具，而床，她没有记错的话，只有一张。她犹豫着，最终还是没有将心里的疑问说出来。

牧休言并没有再和她废话，从柜子里拿了一套家居服，转身朝浴室走去。

出来的时候，身上的衬衫已经换下，他看了看坐在沙发上的时春，似是想起什么，又补充了一句："家里没有什么能吃的，饿了就自己叫外卖。"

时春没有反驳地点了点头，牧休言已经转身走进了书房，他没有啰唆地介绍什么，因为没必要，他在这里住的时间不比时春多上几天。

倒不是牧休言不待见时春，只是刚回国事情确实会比较多，何况他手上还有好几个理财项目需要处理。

除去中午叫了份外卖，两人并没有什么交集。

一直到晚上,牧休言处理好一部分事情正巧渴了,出来后,才发现时春已经在沙发上睡着了,看了一半的《穿透墙壁》已经掉在地上,摊开的那一页上写满了标注。

打开冰箱时,他手上一顿,以前什么都没有的冰箱里放着一大半西瓜、四五个苹果,还有一袋长相可口的水蜜桃,甚至还堆着几瓶酸奶。

像是受到启发般,他将整个房子扫视了一圈,餐桌被擦得很干净,吃完的外卖盒早就不见了,茶几上本来空着的花瓶装饰性地插了几朵花,称不上有多好看,但是足够让这个家瞬间像了样子。

难怪一下午就听见她在外面来来回回地走动。

他慢悠悠地喝完水后,打算去书房再整理一会儿东西,本来已经路过时春,却又折了回来,看着她睡得毫无戒备,不由得叹了口气,最终将她一把抱起,往卧室走去。

一直到将她放到床上,她也只是稍微地调整动了动,找了个舒服的姿势继续睡着。

不知为何,牧休言心里忽然一怔,像是被什么撞了一下,酸酸的、闷闷的,有些奇怪,最终他也不过是摇了摇头,转身走向书房。

03

周一一大早,时春让牧休言早早就停了车,然后步行去了学校,好在周一并没有早课,也就不着急。

一开始还略带紧张的时春,在牧休言主动睡在书房之后,她虽然什么都没有表示,但心里多少还是感激的。

去学校的路上,她和牧休言提议工作日还是住回宿舍,先不说每天一起同进同出的都不方便,更何况,她并不想冒着随时被发现的风险。

牧休言没有说什么,兴师动众地搬过来,不过是给牧爷爷交个差,至于之后两人怎么处理,那是他们的事。

虽是这样,时春出现在宿舍的时候,还是免不了一顿盘问。

平时她就算是回家,也会在周末的时候赶回来,这次她可是连着两天没有出现在宿舍,甚至来的时候连半点东西都没从家里带过来,怎么会让人不怀疑。

她只得随便扯了个理由,含含糊糊地给糊弄了过去,正巧紧接着还有两节专业课,于静姝也就没来得及深究理由的真实性。

本以为这件事情就这么决定下来,直到在宿舍楼下看见牧家的车,看来她还是低估了牧爷爷的决心。

看来爷爷这次是动了真格,就在她犹豫着要不要打电话告诉牧休言的时候,李叔已经从车上下来,笑着对时春说:"牧司令让我过来帮忙拿行李。"

李叔之前是牧爷爷的警卫员,加上云姨一直在牧家当保姆,从部队回来之后,他就一直在牧家当司机,对牧爷爷甚是崇拜。就算现在牧爷爷已经退休,他也一直称呼牧爷爷为司令。

"李叔,东西已经搬过去了,恐怕让你白走了一趟。"明知道躲不过,时春还是做着最后的挣扎。

他们的事情,李叔多少也知道一些,只见他从口袋里拿出一张纸:

"这是刚刚帮你批好的退宿手续。"

连手续都已经办好,过来拿东西倒显得无关紧要,反正学校不久后就会把她的床铺都给收回去,她还能去哪儿,这么雷厉风行倒是牧爷爷的风格。

室友听到时春要搬出去的时候,不免有些惊讶。时春不比别人,一连三年都是中规中矩,连在外过个夜都是没发生过的,更别提突然决定搬出去这样的大事。

最为激动的自然是于静姝,她像是受到刺激般地拉着时春不可置信地打量着:"时春,老实说,你是不是在外面认识了什么有钱人?"

认识有钱人?牧家确实算有钱人家,不过她不是认识,而是嫁给了有钱人。

时春无奈地摇了摇头,却已经开始动手收拾东西。那些事没有必要告诉她们,如果她现在说,她不过是搬去自己的家,她们一定不会相信,反倒引起不必要的麻烦,她并不想这样。

这下让于静姝更加好奇:"你摇头是表示没有认识,还是表示不仅仅是认识?"

"一个亲戚,让我搬去他家。"时春想了想,找了一个比较合理的理由。此后,于静姝再问什么,她都只是笑笑,硬是没吐一个字。

知道时春并不想说,于静姝也只好无奈放弃。于静姝知道时春的性格,她不想说的,就算是刀架在脖子上,她也不会多说一个字,这样的人,放在战争年代那就是刘胡兰一样的革命英雄。

为了不让李叔在下面等很久，时春也就没有怎么细致地整理，不过是七七八八地收在了一起，还剩下零零碎碎的打算有空再来拿。

顾及李叔年纪大，时春并没有让他动手，反倒是自己来回搬了好几趟，才将所有的东西都给搬了下来。

李叔建议过要不要牧休言过来，时春拒绝了。她已经跟牧休言说了这件事，而牧休言只回了一个"嗯"字，表示他知道了，也表示他没有意见。

有时候，时春觉得牧休言像是在周身布满了冰刀雪剑，遥遥几米，都能被那些寒气给冻住，除非他走出来，否则，任何人的关心都会被刺死在外围。

时春老远就看见了站在公寓楼下的牧休言，不像是刚下来，脸上的表情看不出是不高兴，还是不愿意，淡然地在李叔停好车后，打开后备厢将里面的东西拿出来。

"我可以搬的。"时春作势去拿牧休言手上的东西，被他闪身躲过，看着时春的眼里透着不容拒绝："早点搬完就出去吃饭。"

"吃饭？"

"李叔把你送过来，难道连一顿饭都吃不到？"牧休言难得耐着性子和她解释这些。

时春默然，既然牧休言都已经决定好，她再说什么反倒显得矫情，还不如什么都不说，何况他说的话也的确是对的。

04

这样，两人才算是顺着牧爷爷的意思住在了一起。

起初，时春以为，可能会有各种尴尬，可几天后，她就发现，他们根本就见不着。她看书，他忙事情，若不是饭点一样，他们就像是生活在两个平行空间。

牧休言好像有很多事情要忙，时春起来的时候，他已经在书房，无论时春晚上熬到什么时候，他总是后面睡的那个。

去学校如果两人的时间差不多，牧休言会顺便载时春一程，不用时春提醒他也会在离学校还有一段距离的时候停车，让时春下来。时春的课表他用一天就记下了，甚至在中午不方便回去的时候，让时春去他办公室。

这样的体贴，时春知道，是因为牧爷爷的原因，因为他答应牧爷爷娶她，所以即便再不愿意，也从来没有为难时春，也没有提过离婚；答应牧爷爷和她同居，他便尽职做一个丈夫，甚至让人挑不出毛病来。

这一切都不过是因为牧爷爷，与她无关。

老师忽然通知下个星期的课挪到今天来的时候，时春不得不给牧休言打电话。

可电话打了很久，也不见牧休言接，想来应该是有事情在忙，时春也就没有再打过去。

直到这节课上完，时春发现牧休言竟然给自己打了不下十个电话，因为手机放在包里，居然一个都没有接到。

时春赶紧回拨过去,她并不想让牧休言担心,这次电话倒是接通得很快,她赶紧解释:"不好意思,刚刚手机放在包里。"

"宿时春小姐吗?您终于接电话了,请问您现在有时间来一趟市一医院吗?"对方显得比她还要着急。

"市一医院?"先不说电话里传来的陌生声音,问题是牧休言怎么会在医院?虽是不解,但时春还是马上答应下来,立即往医院赶过去。

赶过去的路上,时春只觉得自己的心猛地揪了起来,不知道为什么自己在得知牧休言生病的时候,会感到不安。又或许,因为他是牧家的人,所以见不得他在自己面前出半点事情。

人,必须知恩图报,不是吗?

时春还是头一次见到牧休言这副样子,虚弱地躺在病床上,因为药物的作用而进入睡眠,胸膛随着呼吸而轻微地起伏着,整个人安静得像个小孩子。

想起前面医生的话,时春只觉得惊讶,在她面前的牧休言应该是骄傲的,不管在什么方面都优秀到让人自卑,哪里会像现在这样,让她有些心疼。

"他这是怎么回事?"在医生过来查房的空当,时春着急地问。

"胃炎,他自己应该知道,最近可能因为工作原因,又严重了,以后稍微注意下就好。不过胃病也急不来,得慢慢调养。"

时春没有再多问什么,只是看着牧休言撇着嘴不知道说什么好,她并没有听说过牧休言有胃病的事情,好像牧家的人也并知情,他的胃病到底是什么时候有的,为什么连着牧家的人都被隐瞒着?

牧休言显然没有想到时春会来医院,时春自然看出了他的疑惑。

"我下午临时加了一节课,本来想打电话告诉你的,结果你的电话没打通。"

看着时春将掐着时间买的那碗热粥端过来,牧休言犹豫着接下,可能因为刚醒过来,嗓子沙哑地说了句"谢谢"。

等牧休言缓了好一会儿,从医院离开的时候,天已经黑了。时春想了想还是不知道怎么开口,只得跟着牧休言一起坐着出租车回家。

周末,趁着没课,时春难得下一次厨,百度菜谱后,还是不太会做,只好又打电话给宿母,一边认真地听着宿母的交代,一边记在了本子上。

牧休言闻到香味的时候,已经是一个小时后,本来打算出来泡杯咖啡的他看着桌上并不丰盛,甚至卖相都不怎么好的饭菜,猛地心间一动。

"那个,菜好像做多了,要不一起吃吧?"就在牧休言刚准备转身时,时春面色谨慎地端着满满的一碗鸡汤从厨房出来。

牧休言迟疑着,片刻后,在时春的对面坐下,一言不发地任由时春盛好饭,直到看到时春手上的创可贴。

"坐好。"

就在时春发现没带筷子,打算去厨房拿的时候,牧休言开口了,语气严肃,分不清是在愤怒,还是其他什么情绪。

话毕,不等时春发问,他便已经起身往厨房走去,出来的时候,手里多了两双筷子。

· 039 ·

"谢谢。"时春并没有抬头看牧休言，菜做多了这样的借口，不过是因为自己不知道应该怎么邀请牧休言罢了。很显然，牧休言看了出来，却没有拆穿，没有拒绝，只是现在，她不知道怎么面对牧休言，像是一个撒谎的孩子，被当场拆穿。

这顿饭吃得很平静，像是为了鼓励时春似的，牧休言虽然没有发表任何观点，却很捧场地将所有的菜都吃完了。

饭后，牧休言主动地去收拾碗筷，而时春则转身回了卧室。

牧休言来敲门的时候，时春正在费神地拆手上的创可贴，前面受伤后，她还在继续做饭，伤口的血便沁了出来。

牧休言一进去，就看见她手上的伤口，说不上有多狰狞，但是绝对伤得不轻，看来她不仅懒，还很笨。

"我来吧。"说着，牧休言抢过时春手上的创可贴，"这几天不要沾水。"

"我……"时春轻咬着唇，吞吞吐吐犹豫着，"因为医生说，你的胃病……"

牧休言手上的动作一顿，在看见时春拿着食材回来的时候，他就想到了，饭桌上出现的那些菜，基本上都是照着养胃为原则做的。

"在国外的时候，经常忙到没空吃饭，有胃病也不奇怪。"他第一次为自己的胃病解释，因为学业，或许只是想让自己忙一点，所以不分昼夜地忙碌，最后是胃病严重到在宿舍晕倒，才发现的。

时春"嗯"了一声，没有多问，何况他已经解释得很清楚了。

牧休言对于包扎伤口没有半点天赋，折腾了半天还没有时春一只手包得好。临出门前，他像是忽然想起什么，回头道："菜很好吃，手不方便的可以来喊我。"

连续好几周的寒霜像是被今天的太阳照得开始化了，时春盯着自己的手，不知为何，忽然觉得，或许牧休言真的如牧爷爷所说，不是冷冰冰的，而是懒得表达自己。

05
关薇的电话正好在牧休言的课上打了过来，手机铃声在安静的教室显得异常突兀，时春手忙脚乱地挂断电话，胆战心惊地偷偷瞥了眼牧休言，揣测着他会怎么批评自己，结果他好像根本没有注意到一样，照旧讲着课。

稍稍舒了一口气后，时春迅速地将手机调了静音，给关薇回了条短信过去：在上课，有什么事情等会儿再说。

既然在上课，关薇也就不好刻意为难她，不过关薇身边这位可不这么觉得："你知道她教室在哪儿吗，直接过去吧。"

他没有说理由，但是关薇知道，他是想早点见到时春，哪怕明知道不急于一时，哪怕现在距离时春下课仅剩十几分钟。

早在开学的时候，时春为了证明自己课程排得满，特地将课表发给过关薇，课表里面有上课的教室，这下倒是给关薇留了个方便。

时春死都没有想到和卞和的重逢会是在这样的情况下，她站在教室门口，讲台上的牧休言正在收拾东西，卞和一身风尘仆仆的样子，像是刚下飞机就赶过来，她忽然不知道是应该哭还是该笑。

当年，因为卞和妈妈给他在国外找了个爸爸，嫁过去的同时，卞和自然也跟着过去。那一夜的桐湾县像是被水雾笼盖了一样，置身其中，只觉得潮湿得让人难受。

时春没有像小时候因为一点不如意就扁着嘴哭，她知道，眼泪已经换不来卞和对自己的关心照顾，反而让他没办法安心离开。

他曾经说过会一直照顾她，可那些承诺虽能历经风雨变换，却还是抵抗不了山水相隔。

卞和离开后，便再也没有任何消息。起先，时春还会常常在嘴上念叨几句，渐渐地，"卞和"两个字，就变成了她埋在心里的秘密，他不再被提起，就像是忘记一般。可他现在回来，她还是原来的她吗？

"还站在这儿干什么？"是牧休言打破了这片沉寂，那些无关紧要的人已经离开，现在教室门口就只有他们四个。

关薇紧张地摸了摸鼻子，似乎在考虑应该怎么向时春解释。牧休言还是平常的淡漠，甚至因为时春戳在这里半天不走，而有些疑惑。

时春呆愣愣地看着卞和，甚至连牧休言的话都没有听见。只有卞和，如沐春风般地笑看着时春，似乎只看见她。

"我回来了。"卞和迈开步子，径直地走向时春，张开的双臂在下一秒便将时春抱在了怀里。

衣服上残存的薄荷味让时春猛地回过神来，她动作轻柔地从卞和怀中挣脱出来，收起脸上的错愕，含着笑的脸看上去并不是那么自然："好久不见。"

关薇见状，只得挽着时春板着脸训斥着："瞧瞧你们，就算这么久不见，也没必要疏远成这样吧。"

饭店是关薇定下来的，当时春从卞和的事情中回过神来时，牧休言已经不见踪影，大概是不想管这些无聊的事，时春也就没有去管他。

看着面前的卞和，时春甚至有种时间倒流的幻觉，好像卞和并没有离开，依旧笑得让人感到温暖，依旧是陪在自己身边的大哥哥。

不过，现实往往让人无奈。

大概是关薇受不了两个人之间的沉默，只能自顾自地活跃气氛，让场面不至于太尴尬。

"对了，卞和你刚回来，还不知道吧，我们时春，明明拿着设计院的各种奖项，结果高数却到大四都还没过。"

"为什么回来？"

为什么走了后就音信全无？为什么不声不响地又回来？为什么在她已经成为别人妻子的时候才回来？这些都是时春想知道的，她有太多的问题需要问，却又觉得那些问题好像都没了问的必要。

卞和脸上的笑因为这句话而显得僵硬，许久后，才听见他缓慢地开口："我为什么回来你难道不知道？"

时春若有所思般地敛着眸，轻咬着唇，似是在犹豫着做某项决定。

四周的空气显得有些凝重，时春在思索着她的问题，而卞和沉凝的

·043·

脸上，看不出他在想什么。唯有关薇，像只热炕上的蚂蚁，有种下一秒就会被蒸熟的焦虑，最终揽下了所有的话语权。

"好了，大家这么久没见，就别说那些废话了，直接开吃吧。对了，卞和你不知道，自从你走了后，桐湾县多了好多好吃的呢。"为了让大家尽快进入下一个话题，关薇将话题往卞和身上引，用眼神示意着时春先闭嘴。

后来大家默契般地保持了沉默，看似平静地吃完这顿饭后，再将卞和送走，时春才问关薇："关薇你在拦着我？"

"不管怎么说，卞和一回来就来找你，你们好不容易才见到，需要在一开始就闹得不欢而散吗？"关薇望着卞和离开的方向，语气里透着埋怨。

时春没有就这个话题聊下去，伸手拦下刚好开过来的出租车，转身离开。

"喂！宿时春，你冲我发什么脾气？"或许是知道时春因为什么事情而生气，即便恼火，关薇也不好多说什么，"还有，你的高数为什么是牧休言在教？"

"任课老师由院领导安排，我管不着。"说完这句话，时春便钻进了出租车。

回到公寓已经是一个小时之后，大概是怕牧休言看出她哭了的原因，所以时春围着小区附近的马路转了好几圈才下车。

平常这个时候应该待在书房的牧休言，今天居然坐在沙发上，虽然还是在研究经济，但是显然有些心不在焉。

"是他吧？"门一打开，还不等时春换下鞋，牧休言的问题就已经抛了过来，"那个你在结婚当天喝到半死，嘴里还念着的人。"

时春显然有些错愕，但很快就恢复过来，大概是因为这些日子两人关系的亲近，少了那些拘束的时春自然对牧休言的态度也不似从前那般谨慎，她看了眼茶几上的咖啡，问道："吃饭了吗？"

"难不成就因为你饿肚子？"牧休言的语气接近刻薄。

时春无奈地撇了撇嘴，也不知道牧休言今天这是怎么回事，可她今天没有别的闲心在这里陪他拌嘴，也没有精力熬夜，现在的她恨不得立即钻进被窝里，好好睡一觉。

06

卞和会再次找来也是在时春的预料之中，就算是关薇再怎么拦着她将自己已经结婚的事情说出去，可这已经是既定的事实，只要卞和回桐湾县，自然谁都瞒不住。

接到卞和电话的时春正好在图书馆看资料，不久后有一场设计比赛，像她这样的名人，就算是不想参加，也会被院领导以作业的名义安排任务的。这样的老套路，时春已经见多不怪了，好在那群可爱的小老头，仅仅是不想让她偷懒。

时春将地点约在了图书馆门口，想着跟卞和解释完之后，把剩下的书再看完。

她还是头一次见卞和这么生气，整张脸黑得像是涂满了墨汁般，就算以前她被邻居家小孩欺负的时候，卞和都不过是含着笑地将对方狠狠地往死里揍。所以，一看到卞和的那张脸，她整个人忽然放松了下来，或者说，只是坦然。

"宿时春，你脑子是不是有病！谁叫你随随便便嫁人的，就算是欠着牧家再多的人情，可非要用这样的方式来偿还吗？没错，牧家是给过你们家很多帮助，但那是因为宿爷爷救过牧家的人，你这样做又到底是为什么？搭上自己来还，还是说，他们牧家的命就是命，宿家的就分文不值吗？"

还是头一次听见卞和说脏话，好像从小时候起，他就能够很好地控制自己的情绪。不过，时春只是抿着唇，并没有出言反驳，大概是想任由卞和把气发完，等着他扬长而去。

和牧休言结婚，是她慎重考虑过的，从宿家的角度出发，她必需偿还牧家的给予；从牧家的角度出发，既然牧休言都已经答应，如果拒绝牧爷爷一次还人情的机会，会让他遗憾难过的。

至于她自己，并不是那么重要。

可这些，她不能和卞和说，虽然明知道和牧休言的婚姻不能维持很久，但是在这之前，她不能够给卞和任何希望。

卞和显然因为她的沉默而显得更加生气，要不是看在时春是个女孩的份上，估计会动起手来。

"你是多大的人了，难道就不会对自己负个责吗？你当结婚是玩游戏过家家,连对方是什么人都不知道就结婚?"

"嫁过去了自然就知道是什么人。"时春装作满不在乎,在卞和看来就是死性不改。

"宿时春,你什么时候变得这么无可救药?"

看来,还想要回图书馆看书的想法应该得取消了,何况她现在脑子里已经乱成一锅粥,恐怕也看不进书吧。

"就当是吧。卞和,我已经不是桐湾县那个动不动就哭鼻子的宿时春了,所以,你也没必要像是在教育小孩一样教育我。"时春报以礼貌的微笑,至少她和卞和还是朋友,"不管是因为牧爷爷,还是因为宿家,嫁到牧家来,那都是我的决定,一点都不随随便便。"

卞和显得有些失落,可是儿时的承诺,说过不管怎么样都会保护的人,到后来又有几个人会记得。

哪怕他们都记得又能怎么样,物是人非也好,人是物非也罢,都会出现阴错阳差,然后分道扬镳,不是吗?

和牧休言结婚是她自己的决定,她并不认为这有什么不对,也用不着后悔什么,何况她和牧休言现在还照旧清清白白呢,并不会让人困扰。

"卞和,我知道你是在关心我,但我也会对自己的决定负责。"

卞和生气离开后的很长一段时间,时春都一动不动地呆站在图书馆门口。

关薇知道她要嫁给牧休言的时候,气愤得差点摔东西砸了她房间,现在卞和也是,瞪着她的样子恨不得将她给吃了。

真的做错了吗？和牧休言结婚，真的是一个错误的决定吗？

谁能告诉她？

没人会告诉她！

"在这儿傻站着干什么，图书馆什么时候需要展览物了？"牧休言的声音从身后响起，时春被吓得惊呼一声，拍着胸脯看着他，好一会儿才缓过来。

"没看到我正在思考问题吗？现在倒好，被你一吓什么灵感都没了。"时春烦闷地撇着嘴，把事情往牧休言身上推。

牧休言并不和她计较这些，伸手拿过她手上的包，朝停在不远处的车走去："既然什么都没了，就回家吧。"

时春看了看已经走在了前面的牧休言，无奈地叹了口气，虽然不知道牧休言是什么时候站在那儿的，但是应该没有看到自己被卞和骂的那一幕吧。

晚上，照旧是时春做饭，自从知道牧休言有胃病后，她就动手自己做饭，偶尔还会在云姨那里讨教两招，牧爷爷看在眼里不知道有多开心。

牧休言除了第一天对她给予鼓励以外，此后也就心安理得地接受着时春的好意，这样总好过两个人像是陌生人一样疏远到连说话都要小心翼翼。

第三章 ///

> 她觉得他变得有些奇怪,像是藏满了心事,让人有些心疼。

01

设计比赛作品上交的截止时间是在年后,为了不和期末考试冲突,时春现在不过是稍微规划方向,为的是在后面设计时不会耽误太多时间,好让自己能够有足够的时间修改。既然答应参加,总是需要尽全力的。

陌生的电话打进来的时候,她刚好将事先的草稿画完,要不是因为对方锲而不舍地打了两遍,她一定不会接。

"是宿时春小姐吧?"

现在骚扰电话都已经升级到连对方的名字都弄清楚了吗?虽是这样揣测,时春还是耐下性子回着对方:"没错,请问有什么事吗?"

她准备着,如果对方向她推销任何东西,她一定和对方周旋到底之后,再果断拒绝,正好当作是放松。

"你应该认识卞医生吧?他喝醉了,正赖在饭店不肯走,一直喊着你的名字。"

卞医生？卞和？！

时春就连坐姿都在瞬间变得紧张起来，略带怀疑地问："卞和不是不会喝酒吗？"

"他不会喝酒吗？可是他打电话约我出来的。"

不等对方说完，时春已经迅速地往门口跑去，因为着急，甚至不小心撞到了牧休言，她不好意思地欠了欠身，转身离开。

"搞什么。"牧休言还是头一次见她这么冒冒失失，不由得嘀咕，不过回应他的是门"啪"地被关上的声音。

时春赶到对方所说的饭店时，就看见像是闹累了般正趴在桌上的卞和，身边坐着一个打扮随意的男人。如果不是现在他俩真实地站在一起，时春怎么也不会想到，卞和会有这样的朋友。

那人显然也注意到了时春，扬了扬手，指着卞和："宿小姐你好，我是卞医生曾经的病人加朋友——戚卫礼。"

时春现在根本没空听他介绍这些，她还是第一次见着卞和醉成这样，身体像摊烂泥似的，怎么扶都扶不起来，而刚刚自我介绍完的男人，就像是在看好戏般，完全没有搭把手的打算。

"喂，你就不能帮我扶一下吗？"眼见着他起身打算离开，时春简直气炸了。

"卞医生是喊了你一晚上，又不是喊我，我的存在在他看来并不重要。"戚卫礼站在一旁居高临下地看着时春费力地搬弄着卞和，嘴角挂起似有若无的笑意，直到被时春瞪了一眼，才不情不愿地伸过手，一把将卞和架在肩上。

时春不满地嘀咕："明明有的是力气，非要在这儿折腾我。"

等到出了饭店，时春才知道，原来自己被叫来，除了因为卞和之外，还有就是过来当司机的。

"你应该有驾照吧？"

时春想起很久之前轻松考到的驾照，略带谨慎地点了点头："有是有，不过……"

还不等时春将后面那句"是在两年前"说完，戚卫礼就已经不耐烦听下去，直接将她推到驾驶室："有就好了，说那么多废话干什么。"

"那你呢？"被关在车里的时春下意识地问。

"我当然是回自己家啊。"说着他扬了扬手，转身上了一辆出租车。

时春无奈，心里暗自为这辆车祈祷了一下，才小心翼翼地以三十码足以将车开停的速度上路。

从关薇那里问来了卞和家的地址，等她将车子开到那儿的时候，已经到了凌晨。卞和的房子收拾得很干净，因为是租的房子装修自然是不受控制，不过家里布置得倒是很温馨，相较于之前搬去牧休言那儿的死寂，这边显得温馨得多。

几株简单的绿植，几幅色彩鲜艳却很应景的画，单人间并不大，却处处充满生机。

折腾了这么久，卞和好像也清醒了不少，自个儿跑去厕所吐了一回，便一直躺在床上，一动不动。

时春在他家找了半天也没找到蜂蜜，最后只好泡了杯浓茶用来解酒。从喝醉到现在，卞和都很安静，哪里像戚卫礼说的一直吵闹，嘴里还喊着她的名字，看来，被骗了。

不过现在，她没有空再去想这些。在她将茶刚放到床头柜、打算离开的时候，卞和抓住了她的手，紧紧的。

"时春，告诉我，那都是假的对不对？你不过是在和牧休言逢场作戏，因为牧爷爷的身体，对不对？"

时春敛眸，不知道应该怎么回答。她明知道自己不应该给卞和希望的，甚至后悔自己这么冲动地就直接赶过来。

"卞和，我……"可是面对着卞和这张脸，面对着她用心喜欢过的人，她又不知道应该怎么说出那些决绝的话来。

卞和不知道什么时候坐了起来，将时春一把拉到自己怀里："你是喜欢我的，仍然喜欢我。时春，你的眼神、你的表情，甚至一个细微的动作我都看得出来，你喜欢的是我。"

时春还想解释什么，至少要让卞和知道，她已经不是当年的宿时春，却被卞和阻止。

"不要说话，你什么都不用说。"

她果真没有再开口，或许卞和很清楚，即便喝醉了，也清楚她心里的想法，除非牧休言主动开口，否则她绝对不会离婚。在今晚喝醉的时候，他想让时春陪着自己一起，什么都不在乎。

卞和嘴里反复地念叨着时春，两个字被他叫得无比醉人，他的手紧紧握着时春的手，渐渐地，时春几乎都快沉沦在这一声声的呼唤中，直到卞和猛地将她压在身下，低头准备吻她。

时春猛地清醒过来，下意识地一巴掌直接打在卞和脸上。
她注意到卞和忽然黯然下来的眼神，带着些不可思议。
时春从他怀里挣脱开来，无措地站在一旁，眼里带着警惕。
"对不起。"是时春先道的歉，不等卞和回答，她指了指床头柜上的那杯茶，"等温了就喝完，免得明天头疼。"
"留下来。"就在时春推开门打算出去的时候，卞和开口挽留，"至少让我可以放心地睡着，这么晚出去，我不放心。"
时春没有回头，却还是点了点头，折腾到现在已经凌晨一点，这个时候出去确实不安全，而让牧休言过来接显然不可能，他们还没有亲密到这个程度。
本来还想着告诉牧休言一声的，可她最后还是忍住了，牧休言应该没有精力管这些。

02

深夜未归，于时春这样的好学生来讲，完全不挨边。
可是现在，距离她出去已经过去了四个小时，牧休言下意识地看了看墙壁上的挂钟，凌晨一点，外面还没有动静。
他忽然觉得烦闷，这个女人，到底有没有半点自我保护意识，大晚上的在外面晃荡很安全？

不过只是一瞬间，他也被自己这个想法给吓到了，烦躁地将差点按出去的手机往旁边一丢，还不放心地关了机。

他买了一张折叠床放在书房，以往就算它比不上大床那么舒服，可也不至于像今天这样，让他翻来覆去，怎么睡都觉得不舒服，如失眠一般。

大概早上五点半，牧休言就醒了，围着小区附近的林荫小道跑了一圈回到家，宿时春居然还没有回来，这让他有些火大。

兀自坐在饭桌，烦躁地将手机开机，宿时春居然连个感叹号都不给他发过来，就算是急事，难道就不会告诉他一声？

牧休言也搞不懂自己为什么会因为宿时春而烦闷，给自己下了一碗面，味道不对，吃了两口便晾在那儿；叫了外卖，半个小时没送过来，干脆直接取消；看书，完全不知道书上讲的是什么，慢吞吞的，连个理论都解释得那么费劲。

半个小时后，时春推门进去，看着坐在沙发上正襟危坐盯着她看的牧休言，吓了一跳，疑惑地看了看摆在餐桌的东西，不由得皱起眉头："牧休言，你没吃早饭？"

"去哪儿了？"牧休言从上到下看了一遍时春之后，又将目光收回来，漫不经心地问。

"先回答我的问题。"见他这副样子，时春有些生气，明明胃病已经那么严重，居然还不吃早饭，就这么不把自己的身体当回事？

牧休言还是第一次看见时春在他面前竖起利爪，一开始嫁给他，唯唯诺诺，到后来因为他的胃病，关切心急，从没像今天这样，他不过是没吃早餐，却大发雷霆。

本来还想冷着脸坚持的牧休言，只好不情愿地撇嘴解释："不想吃，没胃口。"

时春显然有些不相信，眉头皱得更深，脸上写满了探究："胃不舒服？晚上熬夜了？"见牧休言不回答，自然地定义为默认，"牧休言，不是跟你说过不能再熬夜吗？"说完，愤愤地转身将桌上已经凉掉的早餐倒掉，动手开始煮面。

本来因为她彻夜未归而攒下的火，在她忽然担心自己的那一刻忽地被扑灭，不过，这种感觉好像并不坏。

虽是这样，可是在时春煮好面端到他面前的时候，他还是问："昨晚去哪儿了？"

时春觉得今天的牧休言很奇怪，先是不吃早餐，然后死抓着一个问题不放，这就是所谓的怀疑，可是他们之间好像并不是一夜未归就必须调查的关系啊。

"一个朋友喝醉了，过去看了看。"时春并不打算在牧休言面前提起下和。

"关薇？"牧休言好像有一种不得到答案不罢休的决心，边说边观察着时春的反应，"不是，那就是只剩下他了。"

时春不耐烦地将面往桌上一放："我在桑中就只认识这几个人吗？"

· 055 ·

看着她离开的身影,牧休言已经猜到是谁了,看了看那碗面,烦躁地吃了起来。

这股火,在下午的时候,直接就撒了出来,且不单单对着一个人。

从牧休言进教室的那一刻起,所有人都意识到今天的牧老师好像不好惹,果然,他没有辜负大家的期盼,在黑板上写了道题:"给你们一节课时间,先解出来的人先走,不要妄想靠别人,除非你们是想从我这里另外领一份试卷,我不介意。"

话里的意思很明显,让时春把本来还打算趁机看一下别人的想法直接吞了回去。

她不可置信地看着牧休言,怎么看都不像是胡来的老师啊,怎么会忽然在课堂这样?她无奈地叹了口气,不情不愿地拿出稿纸。这种题目,就算是让她对着书来做,恐怕也不止一节课,真不知道牧休言这是在闹什么。

一听说先做完可以先走,大家全都开始奋笔疾书,只有时春,东看看,西看看,笔拿在手上转了又转,就是不知道应该怎么开始。

在观察了牧休言不下十分钟,发现他只是在看书之后,时春下定决心,朝坐在自己旁边的林一的本子上看。

这种唯一能够击败时春的机会,林一又怎么放过,还不等时春看清楚,他便往旁边挪了挪。

"学姐,你就别妄想我会告诉你。"林一小声地提醒。

虽知尴尬,时春却还是不满地抱怨:"真是一点同学爱都没有。"

讲台上的牧休言显然已经注意到了这边，出言提醒，也不指名道姓："看来有些人对我的试卷充满好奇。"凉飕飕的一句话，让那些本来有贼心没贼胆的人纷纷收起动作，至于时春，她瞪着牧休言，嘴里念念有词，听不出在说什么，但是绝对不是什么好话。

二十五分钟后，第一个做完的已经交了上去，紧接着，一个接一个的同学交了作业。林一临走前，还不忘在时春面前得意了一下，到最后，教室里只剩下为数不多的几个人，而时春就在其中。

直到下课，时春的稿纸上除了一个"解"字，整洁如新。牧休言让没做完的下课后回去再好好想想，下节课交过来，至于时春，当然是光荣地去了牧休言的办公室。

时春跟在牧休言身后，怯怯地站在门口那个随时可以逃走的位置，知道牧休言在生气，至于为什么，她还没想明白，自然不敢轻举妄动。

"宿时春，听说你在设计院挺厉害的。"牧休言一本正经，好像两人除了师生之外别无关系。

时春一怔，这是什么问题，难道他回来这么久，她在设计院的那点事还能瞒得过他？明知故问，必有玄机。对此，她只好面色镇定，态度谦虚地说："还好吧，勉强达标。"

牧休言显然不在乎她怎么回答，那并不是他想知道的重点："既然设计能够学这么好，高数成绩会差成这样？真怀疑你们设计院当初招生的时候是不是看错了成绩。"

瞧着牧休言严肃认真的脸，看来今天这一顿训是免不了了，时春不好意思地摸了摸鼻子，心说：牧休言今天可能是吃了火药。

"设计和高数能够混为一谈吗，设计靠的创意，高数用的是智力。"她嘟囔着，小声反驳。

"你是在承认你智力不行？"

"我不是这个意思，只是这两件事本身就没有可比性。"

"你要是想明年还留在这里学高数，我不介意你继续这样，离期末考试还有将近一个月的时间，不要以为我们关系特殊，我就会放水。"牧休言说得尤为认真，似是有些恨铁不成钢的意思，"有时间彻夜未归，居然没时间学习。"

本还在虚心接受批评的时春，听见牧休言结尾的话立马寻到了由头："我昨天是因为照顾朋友才没有回来，你这样，是滥用职权，公私不分。"

"从明天开始，晚上去我书房一个小时，补高数。"因为被当场拆穿，牧休言难得地害羞一次，话题往别的方向一转，"没事的话今天自己回去，我去城南还有些事。"

时春还想为自己辩解的，先不说有设计大赛的重担压在身上，更重要的是，自己真的不想学高数，尤其，老师还是牧休言，可是看他一副完全不想理自己的样子，也就只能认命。

人在屋檐下，不得不低头。

03

牧休言果真说到做到，当晚的饭后一小时，时春就坐在牧休言的书桌前，守着今天下午留下来的那道题目，绞尽脑汁地翻着书，硬是没有发现任何一个知识点可以往上面套。

四十分钟后,牧休言慢悠悠地放下手上那本金融学方面的著作,花了不到十分钟时间解出了那道题,再花了十分钟不到的时间在书上找到相应的知识点。

"把我划的重点重新再看一遍,对着我给的答案。"

时春不服气地撇了撇嘴,最终只能听话地拿着书出去看,总不能一直待在书房,占用着牧休言的书桌吧。

此后的这个时间点,时春都是在牧休言的书房度过的,她看着高数,而他看着她完全没心思看下去的外文工具书。因为高数,她自然也成为牧休言办公室里的常客。

听说此事的于静姝不止一次地在时春耳边风言风语地说着时春的好命,好不容易出现的海归老师,居然为了一个高数差等生私开小灶。

那天,时春正好在牧休言的办公室补课,因为设计比赛,她提出想将晚上的时间空出来,把补课放在中午,正好利用中午休息时间。

牧休言当然没有异议,他虽然没有见过时春设计的样子,但是这并不干扰他支持时春的学习爱好。

经过一天的补习,牧休言就已经大致地摸清楚了时春的底,除了认识阿拉伯数字之外,对于高数,她简直连门都没有进。

不速之客光临的时候,牧休言正在给时春解释新的知识点,时春显然学得有些吃力,可面对牧休言的压迫,也只得顶着。

伴随着敲门声,以及牧休言的那句请进,从门外走进来的是一个瞬间让时春黯然失色的大美女。在这样的季节,她穿着一袭长裙,将她的身段刻画得恰到好处,头发随意地散在身后,像是刚从理发店出来,简单的妆容,让五官瞬间立体起来,脸上柔和的笑温暖得让人忍不住融化进去。

牧休言脸上的震惊一闪而过,下意识地看了看旁边的时春,有些紧张:"怎么找到这儿来的?"

"刚好路过这边,听说你在,就过来看看。"清润的嗓音从她嘴里说出来,眼神温柔却似是探究般地看着时春,令时春不得不抬起头,礼貌地笑了笑。

"有什么事吗?"牧休言尽量让自己不会失控,"你看到了,我正在忙。"

"回国也不跟我说一声,休言,我们难道就这么疏远了?"那人毫不在乎牧休言假装出来的冷漠,"淑女"两个字在她身上体现得淋漓尽致,她就该配得上那样的夸赞。

"休言"两个字一出来,让本来已经重新看书的时春错愕地抬起头来,能够这么亲密地喊牧休言名字的女性在她认识牧休言的时间里并不多见,而眼前这位……时春下意识地皱起眉头,看向牧休言。

"沈柔!"牧休言将语气加重了几分,"你到底想说什么?"

"我要结婚了。"牧休言的话一说完,沈柔就迫不及待地开口,脸上甜甜的笑表明她在为这件事情而高兴,甚至满怀向往。

牧休言不可置信地看着眼前的人,像是在验证她说的是不是事实,眉毛微皱,欲言又止。

时春自然看出了牧休言的顾虑，从沈柔进来开始，他就有些紧张，一连看了她好几次，好像生怕她知道些什么。

"我是不是需要出去一下？"在两人都没有开口之际，时春适时地插进去，询问牧休言。

"不用！"牧休言说完这句话之后将话锋转向沈柔，语言简短到只有两个字，"恭喜。"

沈柔终于受不了牧休言敷衍的态度："你就不想知道我会嫁给什么人，为什么结婚？"即便是略带生气的埋怨，也只会让人心间一软。

牧休言显然已经收拾好自己的情绪，脸上并没有什么多余的表情："你的事，我已经无由过问。"

因为牧休言的话，沈柔显然有些痛楚，但是仅仅不过十几秒，她便收拾好情绪，依旧是来时那个温柔到骨子里的人，从包里拿出一张红艳艳的请柬。

"我的婚礼，希望你能参加。"

一直等到牧休言不情不愿地伸手接下，沈柔才踩着脚上的高跟鞋准备离开，临走时礼貌周全地说着再见，还不忘朝时春示意。

在那人离开之后，牧休言立即将手上的那张请柬扔进了一旁的垃圾桶，没有向她解释什么，似乎这件事也并没有什么好解释的。

事后，牧休言照旧在给她讲题，不过明显有些心不在焉。时春没有戳破，当然，她并不认为自己有什么理由去问这些。

她只是觉得，牧休言变得有些奇怪，像是藏满了心事，难舍、隐忍、顾虑……让人有些心疼。

04

关于沈柔的事情，时春是从关薇那里知道的，说来巧合，邵南行和沈柔曾经是同学，对于沈柔的事情也有耳闻，这次她结婚大家也都是知道的。

相较于时春的满不在乎，关薇好像特别在意，一从邵南行那里知道，就立即打电话过来。

"宿时春，你最近是不是见到沈柔了？"电话一接通，关薇就直截了当地问出来。

沈柔？被问及的时春有一瞬间的疑惑，心想着，关薇怎么会认识沈柔，就连自己也不过是第一次见。虽是这样，她却还是老实地回答："对啊，好像和牧休言关系不错，过来邀请他参加婚礼。"

"哪里只是关系不错，她是牧休言的初恋，而且当初如果不是你的存在，她应该早就和牧休言结婚了。"关薇真是气不过，即便她再不看好这段婚姻，但是别人这么光明正大地挑衅，她是绝对不允许的。

知道关薇这是在关心自己，可时春并不觉得自己有必要计较这些，随口"哦"了一声，就像是从别人那里听到了和自己无关的故事。

"宿时春，你是不是傻？"真是皇上不急太监急，关薇现在恨不得冲过来看看时春的脑子里装了什么，"他们俩当初那么要好，为什么会没有走到一起？牧休言又为什么会和你结婚，你就一点都不想知道？"

"这重要吗？"时春觉得关薇有些紧张过度了，她和牧休言似乎并没有到这种必须誓死捍卫的地步。

即便是对于时春这样的态度操心焦虑，关薇还是一股脑儿地将事情全部都说了出来。

原来，当时牧休言试图和牧爷爷好好谈谈这件事，先不说他和时春并不相熟，更何况他还喜欢着沈柔。可是不等他去找牧爷爷说明这一切，沈柔就忽然离开，随后便没了消息。

一直到婚礼定下来，才听说她去了邻省政府部门办公，牧休言去找过，至于后来发生了什么没人知道。紧接着，牧休言和时春结婚，又马上出国，两人虽然有联系，却依旧只是朋友阶段，至于见面就是最近的这次，沈柔主动找过来，希望牧休言能够出席她的婚礼。

时春只是应了几声，当作自己听到了，却并没有发表任何看法。

他们之间究竟是怎么回事，那都是他们的事情，只是想到牧休言当时的样子，时春想，沈柔对于牧休言来说，应该是很重要的吧，至少，能够让牧休言瞬间紧张的人，并不多见。

再次接到戚卫礼电话的时候，时春感觉有些奇怪，毕竟他们之间好像并没有联系的必要，即便如此，时春还是答应了他提出的见面。

戚卫礼将地点定在了一家咖啡厅，随意的打扮和这个咖啡厅完全不相称，不过他好像并不在意。

时春到的时间刚刚好，一坐下，戚卫礼就将一杯咖啡递到时春面前，自信地断定："我想你会喜欢。"

时春看着面前那杯没有加过任何东西的黑咖啡，没有否认，打着趣说："想让我今晚为此失眠？"

"现在距离晚上十点应该还有很长一段时间，你应该没有机会这么早睡吧。"戚卫礼也不在意，嘴角挂着浅浅的笑容看不出其中的深意。

看来不单单是出来见面这么简单啊，时春直视着那张似笑非笑的脸，脑中忽然闪出一个形容词——狡诈！

"看来你并非诚心请我喝东西啊。"

"早知道宿小姐这么聪明，我就该直接说，来我工作室，给我做助手。"说这话的时候，戚卫礼难得的一本正经，顺手递过来一张名片。

瑞方工作室，一个独立存在的楼房设计工作室，不与任何一家房地产有上下级关系，却是每家房产公司争相想要合作的地方，只是，没想到的是，那个在业界向来神秘的瑞方掌门人，居然是他。

时春有些疑惑地微皱起眉，像是在考虑他话里的真诚度。她和他并不相熟，若不是因为卞和的原因，他俩根本就不会认识，忽然让她去他工作室工作，还是担任他的助手，有些不符合常理。

"你应该知道，我距离实习期还有大半年时间。"既然能够主动抛出橄榄枝，说明之前的调查工作已经做到详尽。

戚卫礼满不在乎："如果是宿小姐，我们可以是上班时间自由，工资照发。"

虽然在实习方面，时春确实把瑞方纳入了考虑范围之内，但那也是大半年后的事情,她并不想提前实施自己的实习计划。

戚卫礼也不着急要个答案,给了时春漫长的考虑期,按照现在的情况来看,应该还没有哪家公司发现她的才华,不过听说年底会有一场设计大赛,之后的事情恐怕就不好说了。

"我会考虑的。"

漫长的沉默之后,时春收下戚卫礼放在桌上的那张名片,倒不是因为对方给出的福利,而是看中他助手这个职位。

得到这样含蓄的答案,戚卫礼早有预料,由着时春收拾东西离开,自己却在这里坐了半天,难得出来偷个闲,当然不能浪费。

晚上,时春接到母亲的电话,让她有空抽时间回去一趟。时春觉得奇怪,她来桑中上学,回去桐湾县的时间并不少,像今天这样催她回去的,还是头一次见到。

她想问明白,但是宿母坚持不说,她也没有办法。

"牧休言,我周末要回家。"时春轻轻地叩了叩书房的门,微微推开,站在门口。

沉默了会儿,牧休言点着头答应:"嗯,知道了,周末正好我没什么事。"

"嗯?"时春疑惑,"你周末不是要跟着商学院的领导一起开会吗?"

"推掉就行,我回来还没有去看过宿爷爷,这次正好过去看看。"牧休言并不在意,也没有给时春继续反驳的机会,"刚好前几天爷爷还催我过去一趟。"

见此，时春也就没有什么好说的，总不能表明并不希望麻烦他，何况他的事，她没有管束的必要。

05

周末一大早，两人就开车到了宿家。

桐湾县离桑中市并不远，来回也方便，所以时春实在想不明白母亲那么着急催着她回去的缘由。

车上，时春看着淡然的牧休言，还是有些不放心："你这样临时推辞真的没关系？何况，我能够自己回去。"

"在里面无所事事地待上一天，并不是那么轻松。"

既然对方觉得不重要，那就不重要吧，他去她家，好像也是理所当然的事情，总不可能她回去，他居然留在桑中，万一让牧爷爷知道，恐怕又免不了一顿骂。

宿母对于牧休言的到来并不觉得意外，换句话说，他如果不来，宿家人恐怕还会觉得奇怪呢。虽然他俩怎么相处的他们不知道，但他俩绝对不会让家人操心，这倒是事实。

"这么早就过来，吃早饭了吗？"宿母一边给两人拿着鞋子，一边问道。

时春已经闻到厨房正在熬粥的香味，想必除了这个应该还有很多好吃的："好不容易回来一趟，哪有自己先填饱肚子的。"

宿母佯装板着脸地戳了戳时春的额头："就你知道得多。"

时春不介意地傻傻一笑,飞快越过她冲向屋内,一把抱住正在吃早餐的宿爷爷:"爷爷,都快想死你了。"

宿爷爷乐呵呵地笑着,看了看紧跟在身后的牧休言:"休言也来了,听说你回国后一直都很忙啊。"

"这不,忙完就立即过来看您啊。"牧休言适时地递上早就准备好的东西,毕竟这么久没有来这边,总不能空着手来。

时春也不拆穿,将正打算去厨房拿碗筷的宿奶奶按回椅子上,去厨房拿碗筷。

爷爷和奶奶一直都有吃完早饭出去散步的习惯,虽然爷爷的腿早年因为救牧爷爷留下了遗憾,但这丝毫不影响他的热情。

等他们一走,时春才走进厨房,一边帮宿母洗碗,一边开口:"妈,叫我回来到底有什么事?"

宿母看了时春一眼,并没有回答,直到将碗洗完,才连同牧休言一起喊到客厅。

一向温柔的宿母难得一见地板着脸,连说话的语气都重了几分,像斥责一般:"休言,最近是不是见了谁?"

嗯?不是叫她回来吗,怎么是找牧休言说事情的?时春的眼神在两人中间来回游走,满是好奇。

"妈,这件事……"牧休言显然已经猜到宿母是因为什么事情,有些顾虑地下意识地看了看时春,考虑着要不要说出来。

时春显然耐不住两人在这儿吞吞吐吐,不耐烦地瞪着两人:"你

· 067 ·

们有什么事情就说啊，欲言又止的干什么？"

牧休言看着宿母，显然是在等她公布。

宿母犹豫着，最终不情愿地开口："还是休言和你说吧。"

宿母说这句话的时候，是对着时春的，也就是说，只是说给她听的。

时春转头看向牧休言，心里揣测着牧休言会有什么事情瞒着自己，他们之间好像并没有什么事情需要隐瞒。

牧休言看了看宿母，最终转向时春，淡然道："叔叔回来过。"

叔叔？只是一瞬间，时春就想到了是谁，毕竟当年牧家和宿家交情好的时候，两家的主要往来就是靠牧父和她父亲维系，牧休言见过她父亲，再认出来也并不奇怪，只是他回来干什么，不是说过再也不会回来这种地方的吗？

时春担忧地看了眼母亲，转头看向牧休言："出来一下。"

"他找过你？"时春烦躁地长舒了几口气之后，才烦躁地问出来，脸色好不到哪儿去。

牧休言点了点头："嗯，说是手头紧，没办法才找到的我。"

"牧休言！"时春只觉得自己血压猛地升高，要不是看见母亲正紧张地探着头在窗户上担忧地看着他们，她真不知道自己现在会不会崩溃到直接动手扇牧休言一巴掌，最终略带担忧地问，"我妈是什么时候知道的？"

"好像最先回的宿家，被妈知道赶了出来，所以才找到桑中。"牧休言并没有隐瞒，何况这件事情，也没有什么好隐瞒的。

"那你一开始为什么不告诉我？"宿时春无奈地扶着额头，难怪母亲会这么着急地叫她回去，母亲应该是不想两人在这样的情况下因为这种事情而闹矛盾吧。

看着牧休言正直的脸，时春又不知道该说什么好，毕竟按照现在的情况来看，牧休言并没有做错什么，就算那个人不是宿家人，也还是牧家的故交。

"算了！这件事先别告诉爷爷，爷爷身体不好，我担心他的身体。"时春最终不过是沉着脸想了好一会儿，烦躁地挠了挠头发，"我出去转一转。"

牧休言不放心地想要追上去，但时春显然不希望他跟着，摆了摆手，朝楼上看了眼，头也不回地离开。

06

从宿家离开的时春漫无目的地沿着出门后的小径走着，这条街种满了银杏，现在这个季节，路旁的银杏开始纷纷扬扬地随风飞舞，虽然难为了清洁工，倒算是桐湾县的一处风景。

说起生气，她更多的是担心，虽然不知道那个人回来和母亲说了什么，但是想来母亲心里也好受不到哪儿去。

虽然这些年，在宿家再也没有提起过他，但毕竟还是真实存在过的，她的父亲、母亲的丈夫、爷爷的儿子，当初为了一个女人而抛弃另一个女人的男人，若不是为了她，为了爷爷，母亲又怎么会留在这个家里没有再嫁？可现在，他居然回来了，居然还有脸回来。

· 069 ·

时春烦躁地踢了一脚不知道谁扔在地上的易拉罐,随着哐啷几声响声之后,易拉罐像是撞到什么而停下。

"又心情不好了?"

闻言,时春猛地抬起头,看到不远处正笑着看着她的卞和,忍了许久的眼泪像是决堤般一下全泻了出来。

卞和什么也没问,只是走过去将时春抱在怀里,温柔地轻轻拍着她的后背,任由她在自己怀里哭着,像先前的很多次一样。

自上次他喝醉见过面后,两人之后并没有联系,这几天他回桐湾县转转,只是没有想到会看见她失落地从家里出来,他不由自主地就这样跟了一路。

不知道哭了多久,时春才忽然抬起头,没有解释,只是哽咽着说了句"谢谢"。

卞和显然不适应时春的转变,换作以前,时春一定会边哭边闹,说着一些毫无关联的话,然后顺便在他这里要上一包小零食。

"想吃什么,给你买。"卞和难得主动地开口,像是极力想把这一切维系成之前的样子,他还没有离开前的样子。

时春明显一怔,但是很快恢复过来,摇摇头:"不用,我先回去吧,不然爷爷又该说我不关心他了。"

"那我送你回去?"虽是问句,但是卞和已经明显地朝时春家的方向迈开了步子。

时春想了想,终是没有拒绝,跟在卞和身后,慢悠悠地往前走着,她知道卞和在等着她却也不着急跟上去。

刚才她差点就以为这一切都发生在卞和没有离开前，被欺负了，可以趴在卞和怀里哭；考砸了，可以趴在卞和怀里哭，甚至于摔一跤，也可以在卞和怀里哭，可很快她就反应过来，现在的他们，已经不可以再这样。

出来接她的是牧休言，宿母和奶奶正在准备午饭。因为时春还有设计需要准备，牧休言也并不是可以随便闲着的人，两人准备下午就回桑中，宿爷爷现在应该已经被电视勾去了魂。

看见牧休言的时候，卞和并没有多惊讶，倒是牧休言，显然没有平时冷静，看着时春因为哭过而粘在一起的睫毛，下意识地皱起眉，却还是礼貌地和卞和道着谢。

"你好，卞和，时春一直把我当作大哥哥。"卞和脸上不改的笑容，就连说出来的话也像是被裹了一层暖阳。

牧休言倒不介意，礼貌地和卞和握了握手："牧休言，时春的……丈夫。"

"看来时春的眼光还不错，就算是仓促结婚，也没有胡来。"

虽然脸上还是挂着笑，但是牧休言明显地感觉到敌意，再看身边的时春，看来他真的很在乎时春啊。

"也不算仓促，毕竟婚约是在小时候定的。"牧休言淡然地接着话，又看了看一旁的时春，问，"要进去坐坐吗？正好也该吃中饭了。"

卞和犹豫着，最终还是没有答应，换句话说，他已经没有再进去的

·071·

必要，既然时春已经说这都是她自己的决定，那他就没有任何权利再去做些什么，他应该尊重时春，不管知不知道决定的对错。

"你哭了？"不等时春解释，牧休言就率先发问。

时春本能地摇了摇头，却在看见牧休言的眼神之后不情愿地换成点头，赶紧替自己辩驳："我那不是心情不好，想说出去走走，然后就……"

"又没有骂你，哪需要这么多解释？"说着，他拉着时春走向屋外的水龙头，"洗洗吧，别让爷爷看出来。"

时春看了眼别扭的牧休言，捧了几捧水浇在脸上。虽然水已经有些凉意，但时春却丝毫不在意，只是一抬头，就看见牧休言递过来的纸巾，想来是早有准备，也就没拆穿。

接过来擦干了脸上的水之后，时春不确定地问："应该看不出来了吧？"在看到牧休言点头之后，才转身朝屋子里走去。

宿母见时春回来，不放心地用眼神询问牧休言，在牧休言安慰的眼神中，才稍稍放下心来。

她知道，时春从来不向她抱怨什么，不是真的都不在意那些，就算是家里再好，总还是缺少了一个谁都扮演不了的角色。以前还有卞和，后来卞和搬走了，时春就好像忽然长大，将自己的事情决定得很好，丝毫不需要别人费心。

不管怎么说，都还是孩子，就算看上去性格很好，对待什么好像拿起放下都可以，其实骨子里犟得像头牛。

吃完中饭之后，两人便寻着理由回了桑中。

路上，时春问了牧休言给了那个人多少钱，坚定地说会还给他，就像她即便是出嫁了，没毕业之前用的还是宿家的，至于毕业后，她应该也用不着牧家的钱。

哪怕是和牧休言结婚，她还是认为这样是欠着牧家的人情。

牧休言没有拒绝，这种时候，没必要再让她为难。

第四章 ///

既然我们已经种在一起了，也许尝试着开出花来，才不是最坏的结果。

01

沈柔的婚礼定在圣诞节，是个挺不错的日子，天气虽然冷了下来，但是这对于新人来说却不会有丝毫的影响，何况它本身就是一个浪漫的节日。

牧休言在那天给自己安排了一大堆的事情，像是故意让自己忙起来，早餐是在时春起来之前自己准备好的，随后就一直将自己关在书房。时春本来还想和他说一下今天戚卫礼邀请她参加工作室的圣诞聚餐，不过后来想想还是没有进去打扰他。

不管怎么说，牧休言应该是很爱沈柔的，否则向来冷静的他不会在拿到请柬后愣了半天才回过神来，也不会在明明将请柬丢到垃圾桶，又自己给捡了回来。

可对于这些她又能说什么，自己夹在中间，倒像是在棒打鸳鸯。

说到戚卫礼,因为宿父找过牧休言借钱的事情,即便牧休言说过并不着急,可时春依旧认为应该尽快找份事做,还上那笔钱,她并不想和牧休言存在太多的金钱交集。而目前能够满足她这个想法,还不至于让她委屈自己的,就只剩下了戚卫礼。

她找到戚卫礼,说愿意去他工作室当助手,不过她需要时间来准备年初的设计比赛,加上期末考试,所以明确地表示过,至少在这三个月之内是不可能去上班的,只是搞不懂戚卫礼为什么会连这样的聚餐都叫上她。

这次聚餐的地点选在桑中市郊外的一家农庄,木质古楼建筑,倒是别有一番风味,因为下雪,门口还端端正正地堆着一个雪人。

到了之后才知道,被叫来的不仅有工作室的同事,就连卞和、关薇、邵南行都在,时春实在不明白,卞和与戚卫礼认识,过来倒也没什么,关薇和邵南行这样出双入对的,这种时候来凑什么热闹。

既然来都来了,现在回去也说不通,时春只能硬着头皮往上冲,想起自己没有将父亲回来的事情告诉关薇,就隐隐有些担忧,不知道关薇知道会是什么样子。

关薇有好长一段时间没有见到时春,之前一直在准备教师资格证的考试,就连邵南行都是一个星期见两次面,还都是在图书馆,更别说比她还忙的时春。

"时春,你终于来了,我们前面还在说,你要是连圣诞节都在忙,我就只好去你家找你。"话一说完,关薇就递上来一杯啤酒,算是对迟到者的惩罚。

时春叹了口气,虽是不情愿,却还是接过来,一口饮下。

虽然不知道他们什么时候相处得这么融洽的,不过这些也不是她需要在乎的,和大家简单地打了个招呼,趁着他们凑在一起打扑克的空当,一个人走了出去。

她并不适应这么多人的场合,否则也不会选一个不需要和太多人接触的专业。她一离开,关薇便跟了出来。

"你怎么也跟着出来了?"大概是担心卞和将那天的事情跟关薇说过,一见她跟着一起出来,时春顿时有些紧张。

关薇站在旁边叹了一口气,别别扭扭地说:"听说卞和知道那件事后,去找你了?"

"邵学长真是,什么事情都说。"想来卞和应该没有说出去,时春也就放下心来,无奈地耸了耸肩,"确实有过,一来就劈头盖脸地骂了我一顿。"

见她说得这么轻松,关薇瞪着眼,作势一挥拳头:"不骂你那才不正常,也不看看自己做的什么事。"

时春挤眉弄眼地笑了笑,并不想和她谈这个,便随口转了个话题:"你和邵学长这种时候来这里凑什么热闹?"

关薇倒不觉得有什么,反正以前的圣诞节也都是陪着时春一起过的,今年也就并不觉得有什么。

"卞和告诉我,你会过来,大概是想到你一个人会无聊死,才喊的我吧。"

"那我还得谢谢他咯。"时春看了一眼正坐在旁边、看着他们打牌不知道在想什么的卞和,讨好似的跟关薇说。

关薇也不介意,认识宿时春这么久了,多少也知道时春的性格,本来之前还想替她瞒着结婚的事情,这样或许她还可以和卞和发生点什么,不过现在看来,好像已经不可能了。

下午的时候,听说农庄的人要去附近的鱼塘捕鱼,大家吵着一起去围观,就在大家准备出发的时候,时春接到了牧休言的电话。

牧休言其实很少给她打电话,何况是在这种不确定她会不会马上接的情况下,很多时候,他都是发短信,他觉得那样更省事。何况她前面已经收到他发过来的短信,也回了过去,按理说不可能再打过来。

"喂,时春吗?休言他喝醉了,在酒店。"

电话一接通,就听见里面传来沈柔的声音。

时春立即明白过来,看来他还是去参加了婚礼,虽然早在预料之中,但她还是有些担心,毕竟牧休言现在的胃,根本就不能喝太多酒。

"戚总,我可能需要回一趟市里,家里临时有急事。"看着已经准备出发的人群,时春纠结着还是跟戚卫礼说明了,毕竟她不能放任牧休言不管。

"我送她回去吧。"不等戚卫礼同意,卞和就主动站出来,虽然不知道是因为什么事情,但是看来很着急。

既然这样,戚卫礼也就不好再多说什么,叮嘱他们路上小心之后,便放任他们离开。时春回去,关薇自然也就没有待下去的必要,也就跟着一块回了市里。

　　一到市区,时春就主动下了车,让卞和将关薇和邵南行送回去,她并不想让他们掺和进她和牧休言的事情里。

　　等时春赶到酒店的时候,整个婚宴现场已经散得差不多了,虽是这样,作为新娘的沈柔居然还是守在牧休言旁边,见时春来,好像如释重负一般,笑着朝时春扬了扬手。

　　都说结婚的时候是女人最美的一天,这句话倒是一点都没错。沈柔脸上淡淡的妆容透着柔和,整个人看上去很温婉,婚纱好像已经换下了,但是丝毫不影响她的美貌。

　　"他能来参加我的婚礼,我真的很高兴,只是没想到会醉成这样。"在将牧休言交给时春的时候,沈柔满是愧疚地说着,就像是一个人揽下了所有的责任,让人忍不住心疼。

　　时春看了看身边一直在那儿嘟囔着的人,歉疚地说:"抱歉,真是不好意思。"

　　"你应该跟着他一起来的,否则也不可能醉成这样。"

　　时春只是微微扬了扬嘴角,并不觉得自己和她的关系好到必须来参加她婚礼的地步,何况作为丈夫的前女友,她们之间没有剑拔弩张就不错了。

　　"喝不喝醉是他自己决定的,我就算来了,也无济于事。"

　　"你就一点都不吃醋?"沈柔看着费力扶着牧休言往外走的时春,

声音不小地问，待时春转头，又立即换回了温柔贤淑的样子，柔柔的声音透着无奈，"还真是放任他啊。"

时春诚恳地摇了摇头："不是放任，是相信。我相信他能处理好自己的事情。"说着不好意思地示意了一下，扶着牧休言打车离开。

02

没有想到，平时惜字如金的牧休言，一喝醉就像是打开了话匣子一样，一个劲地说着对不起，声音不大，但是足够扶着他的时春听得清清楚楚。

前面的司机以为是小情侣吵架，遂开口劝解："这是做了什么错事啊，醉成这样都还记得道歉。"

时春一怔，随即不好意思地笑了笑："应该很严重吧。"

司机见她并不想谈，也就没有再问，只是在他眼神移开的下一秒，她的神情瞬间黯然下来，不知道是为牧休言和沈柔，还是在为自己。

司机也是好心人，在将时春送到楼下之后，见她一个人扛着牧休言有些吃力，又顺便帮她把牧休言扶了上去，临走时他还不忘冲着牧休言说："知道错了就在以后好好表现。"

时春笑笑，邀请他喝杯茶再走，对方却已经摆了摆手，关门离开。

看着躺在沙发上的牧休言，时春不由得叹了口气，想了想，准备将他扶进卧室，都这样了，怎么可能在沙发上睡着，何况今天还这么冷。

"牧休言，醒醒，先别睡，我扶你去床上！"时春拍了拍牧休言的

· 079 ·

脸，因为喝酒的原因，脸火烧似的烫，就算已经喝下去已经好一会儿了，也不见消。

除了嘴里在说着胡话，连路都走不动，时春无奈，只好半哄半拉地将牧休言从客厅搬到了床上。

将牧休言放下的那一刻，因为重力的关系，她也被带着一道摔在了床上。她刚想挣扎着起来，却被牧休言翻身压在了身下，不知道牧休言是被她刚才一摔给摔清醒了，还是摔得更晕了，总之看着时春的眼神炽热而专注。

时春试着推了推牧休言，也不知道他从哪里冒出来的力气，完全推不动，他就那样定定地看着她，渐渐地、慢慢地靠近……

唇齿相接的那一刻，时春惊讶地瞪大眼睛，震惊到连反抗都忘了。过了好一会儿，她才反应过来，用力地推开牧休言，朝他脸上打了一巴掌，厉声道："牧休言，看清楚，是我，宿时春！"

牧休言好像是真的喝醉了，哪怕被时春打了一巴掌，也只是翻了身，朝里面躺去，嘟囔了几句，便没了声响。

居然醉成这样，连自己在干什么都不知道，时春无奈地叹了口气，随意地扯了扯被子盖在牧休言身上，然后转身走出房间，烦躁地甩了甩头，倒了杯凉水直接一口喝下。

就在刚刚，在牧休言看着她的时候，她居然有一闪而过的期许，在明知道牧休言是因为另一个女人喝醉，知道他根本分不清自己在做什么，却还仍是期许。她觉得自己一定是疯了，否则怎么会生出这种想法。

被自己吓到的时春用冷水使劲地洗了几把脸，本来打算就这样不管牧休言的，可是在沙发坐下还不到一分钟，又忽然蹦起来，转身走向厨房，在心里告诉自己，牧休言是因为喝醉，才会这么做的，而她……她摇了摇头，没让自己想下去。

牧休言一直睡到凌晨才醒过来，除了觉得头疼之外，似乎并不记得对时春做过的事，他挣扎着坐起来。床头柜上摆着一杯蜂蜜水，底下还压着一张纸：厨房有粥在保温，醒了自己去盛。

猛地心里一震，说是感动也好，说是愧疚也罢，总之宿时春总是让他不经意间就心疼了起来，明明可以放任他不管的，结果却是尽心尽力地在照顾他，明明不是主动想要嫁给他，却从来不说半句怨言。

她究竟是为了什么？

看着裹着薄毯子睡在沙发上的时春，因为天气的缘故，紧紧地缩成了一团，在昏暗的灯光中，像只温顺的小猫。

牧休言去洗了把脸之后，走过去抱起时春，这种时候睡在沙发很容易着凉，很快就要期末考试了，感冒可能会拖上很久。

本来就被冷得没有怎么睡熟的时春，被牧休言这么一动，立马醒了，发现两人的姿势之后，挣扎着从他怀里下来：“你醒了，喝了蜂蜜水没有？头疼吗？对了你的胃，我现在去给你盛粥。”

"回来。"牧休言一把拉住正准备去厨房的时春，"去房间睡吧，沙发留给我。"

时春没敢抬头看牧休言，埋着头像是在避开他："我……还是先去给你盛粥。"

　　看着已经挣脱自己往厨房走去的时春，即便头疼，牧休言还是看出来了，她好像在故意避开自己，虽然不知道是因为什么事情。

　　哪怕在之前已经告诉过自己，那只是一个误会，可是在看见牧休言的那一刻，忽然间，居然有些紧张，就连脸也不争气地红了起来，真是危险。

　　一连在厨房打了几个喷嚏后，牧休言直接黑着脸让时春去了卧室，而他后半夜就缩在沙发上，盖着时春从房间拿出来的厚被子，因为时春坚持说房间有空调，他也不好再说什么。

　　虽然这样，两人还是在第二天光荣地感冒了，病症持续了一个星期。

03

　　因为期末考试，时春暂时停下设计大赛的相关事情，全心全意地应战考试，其实主要是高数，毕竟已经重修了无数次，这次再不过恐怕就要等到实习还回来上课了。

　　高数作为公共课程，会比其他专业课程早一个星期考，时春对着一本被牧休言翻来覆去讲过无数遍的书十分熟悉，可做题的时候，却还是无从下手。

　　绝望地仰着头叹了口气之后，时春灵光一闪，或许可以从牧休言那里入手。

　　自从圣诞节那天晚上的事情之后，两人见面除非牧休言主动问起来，时春基本上已经不会主动说话，就算回答，也都很简短。牧休言什么都不记得，可她是清醒的，总还是会有些尴尬。

挣扎着，时春最终心一横，起身冲到厨房，想了想，泡了一杯咖啡，顺便回房间拿上书和作业本，准备充分之后，才去敲书房的门。

"可以请教你几个问题吗？"时春小心翼翼地推开门，讨好似的冲着牧休言笑着。

"不躲着我了？"牧休言眼神直直地看着时春，似是质问。

这几天也不知道她是怎么了，看见自己像是看到了什么怪物一样，恨不得绕道走，自己有做错什么吗？

时春显然没有想到牧休言会在看出来之后，直接问出来，可事到如今也只能硬着头皮上："我……我哪有躲着你？"

"宿时春！"牧休言忽然提高音量。

时春被他吓得一怔，却还是死咬着牙不说："这几天在复习，脑子混混沌沌的没注意。"那种事情如果说出来，大家都会尴尬的。

见她不愿意，牧休言也不再逼问，看了看时春摆在桌上的那杯咖啡，依旧淡然地点了点头："你要问什么？"

"这个题目，我又忘记应该怎么做了。"之前打算问牧休言考试的范围，可话到嘴边，还是被她给收了回去，目的太明显一定会立马被赶出去，她下定决心慢慢问。

牧休言看了眼时春递过来的书，并没有戳穿这个题目在书的后一页就夹着答案，将手上的事情往旁边放了放，认真地帮她解着题。

一连问了好几道题目之后，时春才装作无意地问："考试……是你监考吗？"

表现得这么明显，牧休言怎么会看不出来她在想什么，却也不拆穿："你们设计院的公共课没有意外的话，就是随堂老师自己考。"

"那题目难度大吗？"时春迫不及待地问。

牧休言瞧着她这个样子，险些绷不住地笑出来，故意装作若有所思地想着，干看着时春紧张了好一会儿，才缓缓地说："你好好看书，考及格应该没问题。"末了，又提了一句，"不过，你之前好像还扣过平时分。"

本来松了口气的时春瞬间觉得沉重了起来，哀怨地看着牧休言，抿着唇可怜兮兮的："这是我最后的机会，要是再考不过，我就完了。"

"那你现在还不去看书，在这儿干什么？"牧休言完全无动于衷，就连脸上的表情都没有松动过。

"牧休言，你觉得我这些天来，对你怎么样？"眼见着装可怜不行，时春只好换种方式，做人情买卖。

"还可以。"

时春不可置信地看着牧休言，难道只算还可以，她尽心尽力地照顾他，居然就换来了还可以几个字？

必要时候，她能忍则忍："那你能不能……"

"不能！"不等时春说完，牧休言就果断拒绝，"考试重点都是我上课的内容，认真听过课就都会做，何况我还给你补了这么久的课，看书去,我不会公私不分的。"

听着牧休言冷漠地下逐客令,时春只好失望地嘟着嘴一把拿过留在牧休言面前的书,生气地回房间,在心里气愤地骂着:小气!真是没有见过这么小气的人,又不会到处乱说,象征性地透露几道题会死吗?

没办法,既然牧休言那条路行不通,时春也就只好继续头悬梁锥刺股,认真做题,心里盘算着,她就不信背那么多道题,还不会撞到一两题。

到了考试当天,试卷一发下来,时春惊讶地看着牧休言,虽然他已经明确表示不会公私不分,可是这些题目中却有一大半都是他跟她讲过无数遍的,只是稍微改了数字,或增加或减少一点难度。

牧休言倒是不在乎她的直视,严肃地明确了考场纪律之后,就一丝不苟地监视着所有人。

做完整张卷子的时春才知道,牧休言真的只给她留了六十几分的题目,要不是她在最后几天没有松懈,有可能还真的通不过考试。

"考得怎么样?"一起回去的时候,牧休言难得主动开口闲聊。

想到应该可以顺利毕业,时春也就没有怪罪牧休言居然一点消息都不跟她透露的事了:"差不多吧,下个学期应该不会再和你见面。"

"挺好。"牧休言满意地点了点头,"不白费我教了你这么久。"

时春倒也不介意他的嘲讽,得意地甩了甩头发,塞上耳机听歌。

04

接下来一些专业课的考试每个老师风格不一,对付着一个星期考完,时春没有在桑中留多久,回了一趟牧家和牧爷爷打了个招呼后,就回了桐湾县。

在没毕业,还有空回家里的时候,时春觉得还是尽量回去陪陪爷爷,就算桑中离家并不远,但是忙起来,恐怕是挤不出什么时间的。

学校放假,牧休言也没了什么事情,便被牧爷爷指挥着一同跟着时春回了桐湾县。

本来时春也不觉得有什么,何况把牧休言一个人留在桑中,指不定忙起来又忘记了时间,有一顿没一顿的。可是到了晚上,时春就觉得麻烦来了,母亲只给他俩准备了一间房,也就是说,他们要睡在一块?

想到这个问题,时春就觉得头疼,整个人立即浮躁起来,在牧休言面前来来回回地转着圈,唉声叹气的。

牧休言倒是一脸淡然,好像整件事情和自己无关:"你就算是再转下去,妈也不会多给你收拾出一间屋子。"

"那怎么办,我们俩……"时春无奈地看着牧休言,瞬间想起前段时间,在他喝醉之后的那件事,立即打住,"总之就是不可以……"

"我们已经结婚了,时春。"牧休言认真且笃定。

"可是,我们不是只是……"

"我们是夫妻。"

时春不可置信地看着牧休言,就算同居以来,两人的关系渐渐地从之前的小心翼翼变成了现在可以自在地交流,可好像并不包含这个啊。

牧休言像是决定了很久，郑重其事地看着时春："时春，我想我们需要好好谈谈。"

"啊？"

"不管这场婚姻，一开始是因为什么而定下来的，但是既然已经成为既定事实，我想我们就有必要认真地对待。"牧休言看着时春的眼神里透着坚定，"时春，或许我们应该尝试一下，尝试看看这场婚姻也许并没有我们想的那么糟糕。"

"牧休言……"

面对他突如其来的变化，时春忽然有些不知所措。他们之间没有明确地讨论过这些事情，或者说在一开始他们都是在逃避这件事情的，所以牧休言才会去国外，所以她才会当作什么都没发生过地继续学习，从不刻意和牧家联系。

可现在，牧休言居然主动提起这件事，没有半点开玩笑意味地和她谈论这件事，与其说是谈论，倒不如说是告知，可她却找不出半句话来反驳。

"时春，我们不能因为害怕看到花谢，就连花骨朵都一并剪掉。"

连花骨朵都一并剪掉吗？时春犹豫着，或者说心早就已经被牧休言给说动摇了，可是如果他们之间在一开始就注定不会有结果，甚至连花骨朵都不会结呢，那就连花开的那一瞬间都看不到，不是吗？

他们之间，真的只是愿意尝试，就可以有结果的吗？时春有些胆怯，或者从一开始，她就觉得自己和牧休言是存在差距的，这种差距体现在方方面面，让她连往前迈的那只脚都不敢提起来。

可她现在又不能拒绝，因为完全没有拒绝的理由。

漫长的沉默过后，时春勉强地笑了笑："我……你先让我想想。"随即起身离开，"我去找妈再要床被子。"

看着时春离开的样子，牧休言倒是和时春的心境完全不一样，一开始他确实故意在做给爷爷看，所以才会用出国留学这样的事情来示威。

可后来，他知道，其实时春也并不是那么愿意嫁给他，却因为爷爷的关系，半句怨言都没有。

在国外的两年，他曾深入调查过时春，加上每次爷爷打电话都在夸她，让他对她产生了好奇。

在后来的相处中，他像听爷爷的话和她结婚一样地履行着一个丈夫的责任，而她也从来没有对他有过半句怨言，依旧照着自己设计好的路线开始走。爷爷叫她住过来，她甚至想过逃，后来就算是住过来，也只是因为不能反抗爷爷。

她把牧家当作恩人，像是在偿还人情一样对待着牧家的每一人，会因为他胃不好，而学着做饭；被卞和指责的时候，会义正词严地反驳回去；会因为不想欠他人情，而出去工作；会因为他喝醉，却把床让给他，最后感冒。

有时候，他真的觉得宿时春有些笨，明明应该是他必须替牧家还欠下宿家的人情，可到头来，却成了她在为了宿家还欠下牧家的人情。

明明只是一个小姑娘，却总是张开羽翼来保护着周围的每一个人，连句怨言都没有，怎么会让人不心疼？

所以他才会在深思熟虑之后，做了这个决定，既然开始是不可改变的，那么接下来的路，至少不应该是毫无意义的。

时春回来的时候，牧休言已经下楼和爷爷在下棋，听着爷爷故意在那儿耍赖悔棋的声音，她不禁笑了起来。

尝试着等待一朵花开吗？或许并不是最差的结果。时春自我安慰着。

05

除却第一晚，因为事发突然而有些紧张得睡不着之外，她和牧休言之间似乎并没有发生什么变化。时春因为开学初的设计大赛，而一直在准备设计，而牧休言，若不是陪着宿爷爷下棋，就一个人待在一处看书。

这次的设计只是一栋小洋楼，设计量并不大，对于时春来说也不是太有挑战难度，只是需要整个设计的全部图纸，工作量就比较大，而学院那边又希望时春能够拿个好成绩，在设计上面，她也想加点创意。

她一向喜欢中国古建筑式的风格，这次在设计上面也希望能够达到中西融合，在小洋楼的建筑上，镶嵌中国元素，看上去古色古香，却又不会太过，显得雍容繁复。

牧休言上来叫时春吃饭的时候，时春正好在做 3D 建模，虽然思路清晰，但是这些需要一点点做的事情并不轻松。

"看上去还挺像模像样的。"牧休言站在她身后看了好一会儿，才慢悠悠地开口。

这是牧休言第一次看见时春的设计，虽然只是一个比赛，但是那些核算过很多遍的数据，还是能够看出时春对这件事的态度。

"问题是，现在不知道是怎么回事，有一组数据不管怎么算，都是错的。"

这是在设计手稿出来之后，时春就遇到的问题，对于一栋楼房来说，数据是很重要的，它的精确才能确保材质的使用不会有偏差，才会使这栋楼房的生命在一开始是恒久的。

"需要我帮忙吗？"

时春回头看了看身后的牧休言，想起人家可是数学和金融的双硕士资优生，立即笑嘻嘻地讨好："可以吗？"

在看到牧休言点头之后，她立即将目前手上的数据推到牧休言面前，担心牧休言可能看不懂，还分析了一遍。

牧休言也不打断，一直等她说完之后，才浅笑着提醒她："再不下去吃饭，妈可能会吃完直接收拾碗筷的。"

时春这才恍然大悟，不好意思地冲牧休言笑了笑："忙起来忘记时间了。"

牧休言笑着摸了摸她的头，跟着她一起下了楼。

饭后，牧休言问时春要不要出去走走。这是两人相处这么久以来，牧休言第一次提出这样的请求，时春也就没有拒绝，又不是什么过分的要求。

这几天，牧休言几乎已经将桐湾县能够转的地方全部都转遍了，偶尔会陪着爷爷一块出来散步，悠闲得像是在度假。

"去江边吗？"牧休言提议。

这种天，江边应该很冷，不过看牧休言难得有兴致，时春也就没有直接说出来："嗯，那去吧。"

本来以为牧休言应该会打车，或者自己开车过去的，但是没想到，他居然直接拉着她上了一趟到江边的公交车。

到了后，时春才记起来，江边有一片是以前的古镇，虽然因为年久失修，已经只能隐隐地看出当初的恢宏，却丝毫不影响她的兴趣。

"你居然还知道这个地方。"时春感叹，眼里全是喜悦。

"前几天正好转到这附近。"牧休言笑了笑，"进去转转？"

时春没有拒绝，只是没有想到牧休言居然知道这个地方。这里虽然是桐湾县的一处旧城，但对于当地的人并没有什么吸引力，政府也只是将它围了起来，并没有做相应的整修，在桐湾人看来，就是一处废址。

"为什么会学建筑设计？"他问。

"啊？"惊讶过后，时春满是憧憬地说，"以前看见别人住在好房子里的时候，就想啊，以后一定要自己盖栋好房子，自己住，后来也不知道怎么的，就成现在这样了……"

说起建筑，时春好像有很多想说的，牧休言也不打断，专心地在旁边听着。这些天，他尽量在了解时春，不管怎么说，既然决定相处，互相了解这一关自然是必不可少的。

江边确实冷，还没走几步，时春的脸就被冻得通红，却也不见她抱怨，只是时不时地搓手哈气。

牧休言见状，直接一把拉过她的手塞进自己口袋："另一只塞进自己口袋。"

时春一怔，脸霎时红了起来，挣扎着想将手收回来。

"时春，尝试着接受我。"虽然他语调温和，可脸上却写满了严肃。

时春犹豫着，最终只能作罢，任由着他这样牵着。

陌生的感觉，自他手心传到她手心直达心底的温度，让她有些无所适从，却又有些欢喜，或许情况真的不如她想的那么糟糕也不一定。

一直到从江边回来，两人的手都没有分开过，直到进宿家之前，时春才挣扎着将自己的手抽回来："那个……爷爷他们都在。"

虽然已经同意牧休言说试一试，可并不表示她能坦然地展示在大家面前。

牧休言看着时春仓促走进去的身影，心间一暖。既然已经被强制地种在了一起，尝试着开出花来才不至于是最坏的结果。

有些事情，或许可以慢慢来。

第五章 ///

> 这是我们俩的家,这里的一切属于你,包括我。

01

本来已经打算在除夕当天回桑中的事情,因为牧爷爷而不得不提前,当时时春正好在忧心忡忡地等待着期末成绩,与其说是在等期末成绩,倒不如说只是在等高数成绩。

明明早就可以知道成绩单,但是牧休言秉持着公平公正的态度,硬是没有向她透露过半点消息,她就这样一直忐忑忐忑地熬到了出成绩的那天。

"你真的没有放一点点水?"什么都已经准备好的时春,犹豫着还是没敢去点开最后的按钮。

"你让我以权谋私?"牧休言坐在一旁,半靠着看着时春,成绩早在放假之前在办公室就已经填报进去,现在再求他放水不觉得已经晚了吗?他没有记错的话,刚考完那会儿她不是还挺自信的吗?

明明已经这么紧张，他居然还要这样吓她，真是一点同情心都没有。时春绝望地将头往桌上一砸，结果好巧不巧正好碰到鼠标，等她抬起头的时候，屏幕已经自动跳转了。

事已至此，连挽回的余地都没有，时春只得紧张地闭着眼睛，在心里默默祈祷着……

牧休言也不再逗她，装作现在才知晓的样子，满意地点着头："还不错啊，七十二分。"

"真的？"闻言，时春立即睁开眼睛，看到成绩之后，高兴得直接跳起来，一把抱住牧休言，一个劲地夸着自己。

就在这时，牧休言的电话忽然响起，时春只好暂时安静下来，想着等下一定要好好地鄙视一下牧休言，她明明过了，却还非要在那儿藏着。

可……时春看着牧休言越来越不好的脸色，她能够感受到，好像是出什么事情了，而且很严重。

果然，牧休言开口的第一句话，就让她瞬间从考试通过的欢喜里坠入冰河。

"爷爷，在家晕倒了。"

坐在回桑中车上的时候，时春还没有从这突如其来的变化中抽离出来，虽说牧爷爷的身体一直时好时坏的，可是也没见突然晕倒过，想到家里又只有李叔和云姨，该是什么场景，她完全不敢想象。

趁着红灯的时候，牧休言抽空握住时春的手，安慰着："没事的，李叔已经通知了医院。"

时春张了张口，最终却什么都没有说，乖巧地点了点头。她想现在牧休言应该比自己还要着急，不然也不会把车开得那么快，恨不得马上回到桑中。

等他们赶到医院的时候，牧父、牧母、大伯他们已经都在那儿了，牧爷爷还在抢救，听说是因为高血压引起的脑溢血，幸亏李叔电话打得及时。

看他们应该都是直接从工作单位赶过来的，年底本来事情就多，肯定都没空，牧休言让李叔先带着他们去吃点东西，这边就让他和时春先守着，他们傍晚再过来也不迟。

见牧休言过来，他们也就没有坚持，据医生初步判断，就算手术很成功，也需要在医院住上很长一段时间，家属需要提前做好准备。

在送走了长辈们后，两人在手术室外面的休息椅坐下，共同担忧着里面的人。

牧休言将时春揽在怀里，轻轻拍着她的后背，像是安慰般，从刚才开始，她就没有再说过一句话，眼睛盯着手术室的门，一动也不动。

大概守了一个多小时之后，手术室的门终于打开了，时春几乎立马就冲了过去，拉着医生的手，问道："爷爷，他还好吧？"

在听见医生说手术很成功后，时春才算真正放下心来。不管怎么说，牧爷爷对她那么疼爱，又是爷爷的领导，在时春看来，牧爷爷已然成为她的亲人，而现在她的亲人生病了，怎么会不担心。

从手术室出来的牧爷爷直接被送到了加护病房，医生说目前他的病情不稳定，不方便探视。

如此，时春也不能强求，和牧休言一起忙忙碌碌折腾了好一阵，将相关的费用缴清之后，才通知李叔过来守一会儿，他们先回去收拾东西。

牧母在教育局工作，牧父是市常委，年底的收尾工作都会很忙，至于大伯他们本身年纪也大，让他们过来守夜也说不过去。

"你设计那边不是还有事情要忙吗？"牧休言担忧地问着时春，她这段时间并不闲。

"没关系，这两天先过来，设计等过段时间再弄也不迟。"时春知道牧休言的顾虑，宽慰般地解释，总不能放任他一个人在这儿守着吧。

见她坚持，牧休言也就没有再说什么，本来也不是喜欢啰唆的人，何况现在叫时春放任不管也说不过去。

傍晚，大家聚在一起商量了一下，目前闲下来的基本上就只剩下牧休言和时春，大伯他们偶尔有事，于是白天基本上就让大伯夫妻俩守着，晚上牧休言和时春过来换班，没多久就过年了，到时候，牧父牧母闲下来，再来照顾也不迟，至于云姨他们过年总是要回家的，干脆就当提前放假让他们回家了。

对于这个决定，大家倒是没有什么异议，但是牧休言坚持说晚上他一个人就够了，他们白天过来就行。

时春知道牧休言是在为她设计的事情腾出时间，倒也没有当面说出来，只是在大家都回去之后，时春才私下和牧休言商量。

"你的胃病刚好一点,又熬夜,万一又犯了怎么办?"

是的,除了担心牧爷爷的病情之外,时春担心的还有牧休言的胃,虽然这段时间没有再犯过,但是那种矫情的病,稍微不注意,说不定又犯了。

"你这是在关心我?"

牧休言难得开一次玩笑,却被时春直接给瞪了回去:"牧休言,我现在是在和你开玩笑吗?"

"那你的设计大赛就不重要?"他知道她为了这次比赛花费了多少精力,也知道这次设计大赛的成绩是她毕业实习工作很重要的加分项目。

时春觉得这段时间的牧休言,好像变了一个人似的,说出尝试着接受彼此这样的话,对她的态度也是天翻地覆的变化,似乎是想让她看见他的决心一样。

让她莫名地心烦,却又无可奈何,可她又开始享受这种感觉,甚至开始期待未来。

最终,时春还是没能拧得过牧休言,只好答应他尽快将设计的事情全部弄完,再过来照顾爷爷。

02

牧爷爷术后恢复得很好,时春中途回了一次桐湾,毕竟当时离开的时候有些仓促,很多东西都没有来得及收拾,同时告诉家里牧爷爷的病情已经控制住了,暂时没有危险。

宿爷爷说想过去看看,时春想了想,打电话让牧休言抽空过来带着爷爷奶奶过去一趟。两家人平时很少聚，大多数时候都是牧爷爷来他们家，宿爷爷有很严重的哮喘，并不适合出远门。

牧休言二话没说就答应了，也不说等下次，直接就从桑中赶了过来。

后面的事情基本上都是牧休言安排的，因为只有宿母一个人在家的原因，爷爷和奶奶并没有在桑中待很久，隔天就回去了，也是牧休言送回去的。

时春则熬夜加班将堆在后面的事情用两天时间就全部做完，上传文档之后，立即赶去医院。

这段时间因为牧休言的胃病，时春的厨艺倒是长进了不少，趁着有空去医院，给爷爷熬了点汤，还顺便帮牧休言做了饭菜过去。

在医院楼下，正巧碰到一个剪着短头发、个子高高的女人，性急的样子像是在找什么，本来时春是不会注意到这些的，只是她刚出电梯，就被从旁边跑出来的女人正好撞到，险些弄泼了手里的饭菜。

"对不起，对不起……我太着急了。"

对方一脸歉疚地看着时春，倒是惹得时春有些不好意思了，毕竟在医院着急的人又不是一两个，这样停在你面前道上半天的歉，像是不原谅就不会走的，倒还是第一次碰到。

时春回以一个善意的微笑："没关系的，反正也没有泼出来。"

本来这件事时春也没有放在心上，直到她和服务台的护士象征性地说了几句话，再去牧爷爷病房时，看见牧休言居然正在病房门口和那个短发女人说话。

"时春，你来了。"是牧休言率先看到了她，招呼着她过去。

对方显然也认出了时春，惊讶地指着时春感叹："哦！电梯门口的小美女。"兴许是注意到了自己声音太大，她又迅速地闭上嘴巴，眼神却没有离开时春，冲着时春笑着。

牧休言习惯了她一惊一乍的样子，接过时春手上的饭菜，介绍着："牧青禾，大伯的女儿。"

早就听说大伯他们有个女儿，在部队工作，好像是个指导员之类的，前两年时春并不是经常待在牧家，倒是从来没有与她见过。原以为在部队当指导员的都应该是板着张脸，让人远远看着就忍不住紧张的，没想到她居然这么亲切。

"堂姐。"时春不好意思地笑了笑，想起刚才在电梯门口的那一幕，原来她这么着急是为了来看牧爷爷啊。

牧青禾高兴地挑了挑眉，逗着时春："刚刚还和牧休言说起前面在电梯门口撞到了一个小美女，原来就是我们家的啊。"

听着她小美女小美女地叫着，这下反倒是时春不好意思了，笑着看了看牧休言，对牧青禾说："还是叫我时春吧，小美女听着挺奇怪的。"

看出了时春的害羞，牧休言立即替她开脱："爷爷也该醒了，我们进去吧。"

牧青禾跟在最后不屑地做了个鬼脸，不过难得见到牧休言这样护着一个人，也就不去计较，跟着他们一起进了病房。

他们进去没多久，爷爷就醒了，虽然暂时不能说话，却还是认识他们，见青禾回来，心情也好了不少。

牧休言刚给牧爷爷盛好汤，就被时春截了去："你去吃饭吧，爷爷这里我来就好。"

他也不说什么，这几日，时春就算是再忙也会在傍晚的时候过来一趟，除了第一天带了一大袋东西过来，说是怕他半夜饿，带饭过来倒还是第一次。

"事情忙完了？"

时春点了点头："嗯，文件已经上传。"

牧青禾站在一旁，只觉得自己像个电灯泡，只好装作漫不经心地对牧爷爷说："爷爷，要不是你在这儿，我都觉得自己是多余的。"

牧爷爷轻轻地笑了笑，伸手拍了拍牧青禾的手，像是在说她调皮，又像是赞同牧青禾的话。因为这话，时春的脸瞬间变得通红，只得埋下头专心地喂着牧爷爷。

倒是牧休言，瞪了一眼牧青禾，像是在责怪她明知道时春脸皮薄，还一直在逗时春。

03

牧青禾含笑看着两人，爷爷当时说要牧休言娶时春的时候，她虽然没有表明态度，却暗自去调查过时春，详细到时春的小学成绩，也知道时春是个好姑娘。本来打算在两人结婚的时候再好好认识的，但当时临时接了个任务，没有见到，后来时春和牧家的关系并不亲近，她也就没有刻意地出现。

刚才在电梯门口撞见的时候,她一眼就认了出来,却故意没有挑明身份,她觉得还是由牧休言来介绍彼此比较合适。

如今看来,两人的关系好像并没有她想象中那么疏远,反而亲近许多,看来这段时间发生了很多事情啊。

时春照顾爷爷喝完汤,坐了会儿,牧青禾便催着他们回去,说是今天晚上她守着就好,放他俩一天假。

如此,牧休言也就不再客气,因为照顾爷爷,他已经一天一夜没回去,确实应该休息一下,本来是准备等牧父他们过来的,但是好像临时需要加班,牧青禾一来,正好。

考虑到他这几天太累,时春没有让他开车,而是直接打车回家。

"堂姐她……"

回到家,时春一边看着牧休言找衣服,一边小心翼翼地问,只是还不等她问完,牧休言已经提前回答了。

"放心,她对你印象应该还不错,还是第一次见她对哪个女孩子这么友善。"

时春听着这话总觉得哪里不对,再一想,整张脸陡然红了起来,连忙解释:"我是怕她一个人照顾不过来爷爷,没问你说的那个。"

到底还是小姑娘,稍微一说就会脸红。

"这个你就放心,能单挑三个男人的人,不至于让你操心这方面。"牧休言也没继续逗她,转身走向浴室。

· 101 ·

牧休言好像有很多事情要忙，从浴室出来后，就直接去了书房，没有再出来。

时春洗完澡，将穿过的衣服一股脑儿地扔进洗衣机，定了个闹钟准备到点去晾，便拿着本小说半靠在床上看了起来。

没想到看着看着睡意渐起，前几天一直熬到后半夜，今天忙到下午就直接去了医院，确实有些累。等她听到闹钟醒过来，跑去阳台的时候，看见牧休言居然在晾衣服，而且手里拿的还是她的内衣。

这时候哪里还顾得上想别的，时春立即冲过去抢过牧休言手上的衣服，藏在身后，强装着镇定："我来晾吧。"

"那我先去睡了。"

刚刚他忙完事情出来，听见阳台的洗衣机停了，也没多想就过去晾衣服，哪知道时春刚刚不注意，把内衣也直接塞了进来，他还在想这东西应该怎么晾呢，就被她冲出来给抢了过去。

幸好阳台的灯并不是很亮，否则现在两个人还不知道应该怎么解释这一切呢。

等时春好不容易平静了下来，回到房间，却发现牧休言大方地躺在床上。

"那个，我还是去沙发睡吧。"时春尴尬地往后撤退着，虽然之前在宿家一直睡一间房，可那是万不得已，现在突然这样，还是有些不适应的。

"站住！"在时春即将离开之际，牧休言出言唤道，语气有些严肃，"又想感冒？二米二的大床，足够我们俩睡。"

"我不是这个意思，只是……"

"我想我前面说得可能还不够清楚，宿时春，我并不强求我们一下就到你侬我侬的地步，但是至少不需要这样回避。"牧休言已经起身走到时春面前，眼神澄澈而真挚，"这是我们俩的家，也就是说，这里的一切属于我，同样属于你，包括我们彼此。"

"我……"时春被他说得有些蒙，一时间脑子一片空白，完全想不出反驳的话来。

"放心，我不会禽兽到在这种时候对你做什么。"

"我不是这个意思。"时春慌乱地解释，在这一点上她还是很相信牧休言的，不过是突然有些不适应罢了。

"那就行了。"说着，他直接绕过时春把门关上，示意她赶紧过去。

时春犹豫着，最终说服自己在靠窗的位置躺下，离牧休言远远的，远到稍一翻身就会摔下床去。

牧休言看到了，却没有点破，他并不想把时春逼得太急，何况，他只是因为在医院睡不好，不想在家也那样，可又不忍心看时春睡沙发。

今晚的夜，深沉而又璀璨，他们之间的某些东西在经过一整个雨季的冲刷而开始变质，随即生长繁衍，期待着某一个绚烂的瞬间。

04

牧青禾一大早打电话过来让牧休言送她回牧家。接完电话发现时春还在睡，牧休言只好轻手轻脚地起来，换好衣服正准备出门，就听见床上的时春迷迷糊糊地说："牧休言，记得吃早餐，清淡点，对胃好。"

牧休言看着床上连脸都藏在大被子里的人儿，嘴角不自觉地扬起，声音柔和："知道了，不要睡太晚，盖好被子，外面在下雪。"

床上的人只是翻了个身，便没了动静。如果不是对自己听力的认可，刚才那句叮嘱，倒像是幻听，牧休言浅笑着看着床上拱起的那团，还真是容易害羞啊。

牧青禾站在医院门口，将脖子使劲地缩在衣服里，用力地跺着脚。今天确实很冷，外面正在下雪，说句话哈出来的白气都能把脸盖住，牧休言没有骗时春。

"时春没有跟过来？"看见牧休言的车后，牧青禾赶紧冲了过来，打开车门发现副驾驶没人，又折到了前面，在副驾驶上落座。

牧休言将顺路买的早餐递给她，毫不留情地拆穿她："你这么一大早叫我过来，不就是想撇开她吗？"

看吧，太聪明了也不好，什么事情还等不及别人解答就率先知道了答案，一点惊喜都没有，重点是还不知道装傻，这样直接说出来，多尴尬啊。

"有吗？"牧青禾尴尬地干笑两声，挠着头眼神躲闪，"我只是想早点回去睡觉，是叔叔过来得太早了。"

牧休言不想在这儿争辩这些没有太多意义的事情，脚踩着油门，朝着牧家开去，虽说现在气温骤降，但是好像没到打不到车的地步，牧青禾的那点小心思，恐怕也就她自己觉得高明吧。

牧青禾在心里斟酌词句，她确实是故意叫牧休言过来的，有些事情她觉得还是必须要和牧休言谈谈的，只是她不擅长做这事，这种费脑子的事情，还不如让她干干体力活呢。

"有什么想说的就直接说吧，吞吞吐吐的像小女人，不像你。"牧休言实在看不下去她在那儿一个劲地纠结着，其实她想问什么他多少还是能够猜到点的。

"牧休言，你真不会说话。"牧青禾不满地批评着，"时春居然受得了。"

"她没你那么挑剔。"

看来情况比她预想的还要好啊，牧青禾眸光一闪，脸上却满是鄙夷。

"啧啧啧，还骄傲上了。"

忽然，牧青禾一本正经地问："想清楚了吗？"

这才是真正的目的啊。

"不知道。"牧休言回答得很诚恳。

他和时春之间，要说想清楚其实并不困难，但是却也不简单。他想照顾她、疼爱她、珍视她，但很多时候，他又不敢有太多的行动，甚至连承诺都没有给过她。含糊其辞，一点都不像他，却又找不到解决办法。

和时春在一起他会觉得舒适、畅然，甚至让他有些迷失自己，沉溺其中，他不知道这是好现象，还是坏现象。

"不知道啊……"牧青禾若有所思地重复着他的话，像是故意一般地拉长声音,"还是早点想清楚吧,听说沈柔结婚了?"

牧休言心间一怔,不解地望向牧青禾,像是在揣测她为什么会忽然提到沈柔,最终却还是闷闷地应了一声,算是回答:"提她做什么?"

"我为什么提她你会不知道?"牧青禾直视着前面,嘴却没有闲下来,"暂且不说爷爷这个决定到底是不是对的,你就算是再恼怒爷爷,都应该清楚,时春是无辜的。这在之前我就跟你说过,即便现在你们看上去关系很好,可我还是想要啰唆几句,毕竟我喜欢时春那丫头。"

"她本来也不是个讨人厌的人。"对于这一点,牧休言很清楚,否则也不会做出那样的决定。

"所以才想让你早点想清楚啊,是真的决定和时春在一起,还是只是因为沈柔嫁人了。"

牧休言张了张口,最终也不知道应该怎么回答这个问题。

牧青禾并没有强求,适可而止地打住了话题,指了指已经在不远处的牧家一角:"哈,是不是觉得还是我们家最美。"

顺着她手指的方向看了看,隐约的屋檐掩映在沿街的枝丫间,不得不说,奶奶那时候的审美在现在看来并不落伍。

在他离开牧家的时候,牧青禾似有若无地吐出这么一句:"其实你也看出来了对吧,时春身上有奶奶的影子。"像是在告诉牧休言什么,又像只是一句感叹。

是的,那时候他没有想清楚为什么爷爷会那么喜欢时春,但很快他便找到了答案——建筑设计。时春学的是和设计牧家的奶奶相似的专业,她有着和奶奶相似的设计热情,这才是爷爷最喜欢时春的地方。

05

紧接着就是除夕,那天中午开始,桑中就应景地开始飘着雪,气温也降低了不少。

虽说有着在医院过年不吉利的说法,但是现在牧爷爷的情况,大家觉得还是在医院比较妥当,何况,医生说至少要在医院待到年后才能视情况决定出院的事情。

因为牧爷爷的事情,这些天大家都在操劳,干脆就连年夜饭也一起省了,说是等牧爷爷出院之后再一起庆祝也不迟。

虽是这样说,但牧青禾还是给牧休言和时春留足了时间,她说,热恋中的人,第一个新年总是需要好好庆祝的,甚至还给两人在饭店订了位置。

时春本能地想要推辞,无奈牧休言已经率先一步应了下来。事后,时春不解地问牧休言:"我们现在是在谈恋爱?"

牧休言想起前几天牧青禾还说自己不会说话,现在看来,有些人也好不到哪儿去。他伸手摸了摸时春的头,帮她把羽绒服的帽子往上提了提:"那你觉得算什么?"

时春笑了笑,没有说话。是在谈恋爱吗?她并不是很确定,那天沈柔的话在耳边响起,介意?或许当时没觉得有什么,此后就说不定了,毕竟心境一变,自己对某些事情的态度也不一样了。

也不知道牧青禾是怎么想的，明明对桑中并不陌生，结果那地方离停车场居然还有十几分钟的路程，难道她就没有想到这是大冬天吗？

终于到了那个地方，牧休言才知道，这里是一家浙菜馆，因为宿母是浙江人，宿家的口味也就随着宿母一起变了，尤其是时春，钟爱浙菜。

饭店的外观很有诗意，两层楼的建筑坐落在弯弯曲曲的小巷中，门前的栅栏，直接将整个菜馆和周围的建筑分割开来。进去之后，院中引了流水，在前院做了个池塘，冬天的天暗得快，却还是能够看见在里面悠闲的鲤鱼，院角还有一口古井，应该是一早就在这儿的，倒是和这里融合得恰到好处。

果然，一进去，时春全然忘记了前面在路上还念叨着回去一定要对青禾姐抱怨一番，哪有人请吃饭让人绕这么远受冻的，嘴里的话也变成了回去一定要好好感谢一下青禾姐。

既然是合着时春心意来的，后面的主导权自然也就让给了时春。时春点了几道素来爱吃的菜，才想起身边还有牧休言，立即将手上的菜单递给他："你要不要看看？"

牧休言摇摇头："难道还看不出来，堂姐是想让我舍命陪君子吗？"

既然这样，她也就不客气了，却还是照顾牧休言的口味，点了四菜一汤，两个人，算是满满的一桌。

以往这天时春都是要回桐湾的，前两年也是节后再来桑中一趟，今年因为爷爷的事回不去，如此，也算是补偿吧，至少不让这丫头太过想念。

这一顿时春吃得很开心，就连话也多了起来，和牧休言从关薇讨论到邵南行,再从邵南行讨论到林一,最后在卞和那里停住。这段时间太忙,自从上次牧休言喝醉后,两人就没有再联系过,也不知道今年春节,他是去国外,还是留在桑中过的?

"怎么了?"牧休言看出了她的沉思。

时春摇了摇头,说了句"没事"。她并不想在牧休言面前提起卞和,不管怎么说,她和牧休言现在是夫妻,而她对卞和,曾经依赖过、迷恋过,甚至期许过,哪怕是现在,卞和于她而言还是心底最美好的一段回忆,既然是回忆,就由着它继续美好吧。

见时春不愿意说,牧休言也就没有继续问下去,给对方留足空间,也是一种体贴。

两人从饭店出来的时候,已经是晚上八点,地上积着一层薄薄的雪,考虑外面太冷,牧休言决定还是直接回家,不过去的是牧家。

考虑到牧爷爷那边总还是需要一个人,所以是牧父留在了那儿,毕竟牧青禾难得回家一趟,得让他们好好聚聚。

时春特地让牧休言绕了点路去了趟医院,虽然下午已经过去看过了,但时春总觉得,除夕夜让牧爷爷待在医院有些过意不去。

在楼下的时候,时春去路边的粥铺买了两碗热粥上去,一是喝点热的暖和暖和身体,然后也是担心他们可能会饿,毕竟牧爷爷现在还是没有什么胃口。

见着时春冻得鼻尖通红,牧父没让他们在医院待很久,就催着他们回去好好洗个热水澡别感冒了。

郊区的雪比市区下得要大，等牧休言不慌不忙地开着车回到家，家中的院子里已经积着厚厚的一层雪。

牧母他们好像在看"春晚"，房间里的灯全亮着，倒也还是没有几分过年的样子。牧休言停好车出来的时候，正好看见时春站在院子里，头顶的帽子上已经覆上了一层雪花，被屋内透出来的昏黄灯光照得亮晶晶的。

牧休言走过去拍了拍时春帽子上的雪："不冷吗？"

时春摇了摇头，若有所思地说："去年过年好像还是在桐湾，爷爷给我买了一大捆烟花。"

"所以，这是在嫌弃今年的年过得不好？"牧休言将时春露在外面的手握在掌中。

"是觉得去年还可以是个孩子，今年好像就不是了。"

"嗯？"

"因为去年还可以假装自己是单身，今年好像不行了。"

牧休言将时春拉到自己怀里，下巴抵在她头顶，整个人将她裹住，并没有挑着她话里的漏洞继续追问。

那场婚礼看似并没有改变太多，他继续出国留学，她依旧上课下课，可又好像改变了很多，他和她，从毫无交集变得日渐亲密。

"咳！"

本来相依在一起的两个人因为这声咳嗽，吓得立即分开来，惊恐的样子,像是瞒着大人做了坏事的小孩。

难得见到牧休言这副样子,牧青禾也玩心大起,故意放大声音地喊:"你们俩回来不进屋,在院里站在干吗,大冷天的,还要花前月下美景良宵啊?"

"呃……堂姐。"时春被她说得害羞起来,却又不知道怎么解释。

牧休言已经恢复了平常的淡定,并没有要解释什么的意思,拉过时春的手,大大方方地朝着屋内走去,越过牧青禾的时候,特意说了句谢谢。

06

零点一到,时春手机就准时响了起来,她看了看来电显示,没多想就接了起来。

"新年快乐。"卞和伴着窗外烟花炸开的声音,说了这句话。

时春几乎能够想到现在他那边的窗外应该是个什么样子,五颜六色的烟花在天空中炸开的场景应该很热闹,可那样的热闹和一个初来桑中不久的人并无关系。

"新年快乐。"时春想了想,最终还是只说了这一句,没问他今晚怎么过的,也没问他和谁一起过,因为这些在刚才他打来电话的时候,就已经有了答案。

"堆雪人了吗?"卞和的声音温柔,就像小时候,会在新年的凌晨跑到她家院门口第一个跟她说新年快乐,会在下雪的时候帮她堆一个好几天都化不掉的大雪人的大哥哥。

"没有,太晚了,并不好堆。"

"嗯。"

时春听着那边的烟花放完,又继续的声音,却没有往下搭话。楼下的牧母他们已经收拾好客厅,准备回房间睡觉,几个人有说有笑,挺开心的,以为时春睡了,路过时春房间的时候,尽量将声音放低。

不知过了多久,卞和才再次开口:"时春,再见。"

"再见,卞和。"

挂完电话后的时春坐在窗边,陷入良久的沉思,此前的无数个新年,她都希望收到的第一个新年祝福是来自他的,可自他离开,便再也没有接到过。

现在再次接到的时候,心境已然不同,为什么偏偏就是迟了呢?

时春一早起来给家里打了个电话,和爷爷聊了会儿天之后,就听见牧青禾在楼下喊她。

"时春,快出来,我们家小少爷给你准备了新年礼物。"牧青禾的声音大得整个家里都能听到。

时春立即从床上蹦下来,随意地套了件大袄子后,穿着拖鞋就跑了出去。

下了一夜的雪,整个院中素白一片,牧休言只穿了件羊毛衫,额头居然还被汗浸湿,她还来不及开口就被牧青禾给拖了过去。

"快看,这家伙一大早起来堆的,平时上班都没这么积极。"

顺着她手指的方向,时春才注意到牧休言的身后居然立着一个高高大大并不怎么好看的雪人,刚才光注意牧休言,倒是忽略了他身后和满院素白融在一起的这家伙。

她费力地张了好几次口,最终却还是不知道应该说什么比较合适,昨晚因为卞和的电话,她忽然变得有些伤感,可现在这个伤感在瞬间转换成了感动。

她从来没有期许过牧休言会为她做这些,说到底,在她眼中,牧休言终究还是一个漠然、冷静的人,绝不会屈身做这些的。

牧青禾已经识趣地退回了屋内,陪着母亲和姊姊准备着新年的第一顿饭,给他俩留了足够的空间。

"谢谢。"时春终究只想到了这句话。

"没了?"牧休言显然有些失望,他可是从牧青禾那里知道时春喜欢雪人之后,一大早起来堆的呢。

"谢谢。"时春第一次主动给了牧休言一个拥抱,仰起头看着他又强调了一遍。

是真的很高兴,昨晚接完电话不过是望着窗外的雪出神,牧休言什么都没问,只是让她别感冒了。后来因为这件事,牧休言伸手环住她,看着她高兴得半眯着的眼睛,微微上扬的嘴唇,眼神由喜悦渐渐地变得炽热。

手轻轻扣住了时春的头,缓缓地低下自己的头,像是在询问般的眼神,他认为这件事还是需要得到时春的允许的,见她没有闪躲,才将一切化作了现实。

大概是顾及家里还有长辈,他不过是在她唇上轻轻一点,便迅速放开。看着时春完全不在状态的脸,他满意地说:"这才够。"

时春不可置信地看着牧休言,没有喝醉,没有不省人事,更不可能把她当作另外一个人,牧休言居然在这种情况下,吻了她。

她在清醒后心里冒出了很多想法,比如缘由,比如真心。

最终她也只是任由着牧休言这么抱着,直到触到他冰凉的手,才想起他刚堆完雪人,猛地推开他:"快去穿衣服。"

牧休言难得玩心大起地逗着她:"放心,妈他们正在准备早餐,看不到。"

"牧休言!"时春严肃地板起脸,明明是担心他感冒,怎么到他这儿就变了呢?

害羞吗?没有,其实她只是忽然有些茫然,像是猛然间坠入了迷雾森林,没有方向,却并不慌张。

虽然不知道从什么时候起逗时春变成一件好玩的事情,但还是需要适可而止,恼羞成怒可是另一种后果,这一点牧休言还是很清楚的,只得回屋加衣服。

第六章 ///

这是一条漆黑的路,磕绊悬崖都无法预料,甚至一不小心就会万劫不复。

01

牧休言堆的那个雪人一直在院中伫立了好几天,才抵不过阳光的照耀而消融,除了那天表示了谢谢之外,时春偶尔会在院中晒晒太阳,然后拍张照留恋一下。

牧爷爷手术之后恢复得很好,出院的时候已经能够开口说几句简单的话,医生都说情况很理想,只要后面康复得好,半年内就可能回到手术前的状态。

出院当天,为表庆祝,长辈们特意在家里做了一大桌好吃的,就连李叔他们都提前过来了。

饭桌上牧青禾一句"还是云姨的手艺宝刀未老,真想留下来吃一辈子",惹得旁边这些天在家里做饭的大伯母羞愧恼怒,扬言立马给她找个人嫁了。

牧青禾是明天的飞机回部队,听说前两天领导就已经打过电话来催了,为了牧爷爷才一直拖到现在,再不回去,领导估计会直接让人把她抓回去。

关于牧休言和时春的变化,除了牧母单独有意无意地问过时春,大家都一致地保持沉默,事情现在正在朝着好的方向发展,是值得高兴的。

牧青禾离开之前,特地要走了时春的电话号码,说是有空的时候和她聊天,虽然不知道她们之间有什么可聊的,但时春还是没有拒绝。

牧休言没有道破,牧青禾要是想要她的号码,简直轻而易举,哪用得着亲自要,不过他也知道,这是来自牧青禾的尊重,也是在告诉时春,她有事情同样可以找对方。

新学期的到来,时春并没有太大的负担,毕竟难倒她整个大学的高数已经在上学期顺利地结束,何况下半年就直接是实习,这个学期的学习任务应该不会太重。

戚卫礼那边已经电话通知让她开学后就直接过去报到。这件事,时春还没有和牧休言说明,之前是觉得没必要,后来是没有机会。

借着开学前的空闲,时春回了一次桐湾,前段时间一直在忙,再不回去,爷爷估计又该有理由埋汰她了。

刚一到家,关薇就打电话过来约她出去转转,想起今年过年差点忘记给关薇打电话,她到底隐隐有些不好意思,自然也就没有拒绝。

天气在这几天已经迅速地回暖,可风刮过来的时候,还是带着凉意,两人在附近随便转了转,就近选了一家奶茶店,便往里钻了进去。

"最近很忙？"

知道关薇是在怪罪自己，自从牧休言回来之后，她们的联系便随之变少，时春只得讨好地笑着，将服务员正好递过来的那杯奶茶推到她面前："你觉得呢，看我这张脸，是不是连黑眼圈都出来了？"

"我不联系你，你是不是就打算老死不相往来了？"讨好在这个时候并不奏效，关薇心想：这丫头再放任下去，恐怕都能上天了。

时春现在恨不得跪在地上负荆请罪，关薇比她大一岁，自从卞和离开后，便自发地像个大姐姐一样照顾她，如今这样，并不是她想看到的。

"对不起。"时春撇着嘴，弱弱地说。

关薇本也不是为了教训她特意叫她出来，瞪了她一眼算是原谅，随即想起什么，疑惑地问："你最近和卞和有联系吗？"

时春看着她有些急切的样子，打趣："你这样就不怕邵学长吃醋？"刚一说完，就在关薇的怒目中乖乖地闭嘴，诚实地回答，"过年的时候，打过一次电话，不过当时很晚了，没聊几句。"

关薇若有所思地点了点头："一直想和你说，有没有觉得卞和这次回来变得有些不一样了？"

"有吗？"时春想了想，最近几次见面，因为顾及自己的身份，她并没有和卞和有太多的交流，现在被关薇问起来，还真有些答不上来，"可能是因为太久没见了吧。"

其实关薇也就是一种猜测，并没有确凿的证据，所以才来问时春，没想到这家伙比自己还不上心，不过也说得过去，现在她是别人的妻子，要是对卞和上心好像也不对。

"卞和有和你说为什么回来吗？"

时春回忆着，缓缓道："好像是说，还是喜欢国内的气候。"

"就这些？"关薇显然不相信。

"你也知道，卞和的心思向来藏得很深，他不主动说，我们谁会知道。"时春无奈地耸着肩，换作以前她还可以胡搅蛮缠到让卞和没有法子，现在的她什么都不能做。

关薇无奈地叹了口气，却还是忍不住建议："有空还是多联系一下卞和，总觉得他不是无缘无故回来的，有些奇怪。"

时春郑重地点头答应，既然关薇已经说出来了，她也就没有装作不知道的理由，先前因为各种事情弄得完全闲不下来，自然也就没有心思想别的，被关薇这么一说，倒也真这么觉得。

卞和一声不响地回来，甚至也不刻意联系她，他究竟是为了什么？

02

大概是在家里消沉久了，新学期第一天上课，时春就直接睡过了头，幸好牧休言还在家，只得拜托他捎她一趟。

过了一个年，时春总觉得学校像是焕然一新般，莫名地亲切，正准备跑去教室的时候，撞到了于静姝。

大概是许久未见时春，于静姝亲昵地过来挽着她，朝她身后张望了几眼，疑惑道："你怎么是从商学院过来的？"

时春心里咯噔一下，刚才因为太着急，加上牧休言正巧去商学院有事，就直接开到那儿才下车，哪知道会这么巧撞见于静姝啊。

"哦……去那边有点事情。"时春含含糊糊地解释着，她还不想惹一身没必要的麻烦。

于静姝见她不想谈，也就作罢，随即拉着她开始谈着在这个寒假不知从哪些渠道得到的八卦。一般这个时候，时春都会保持着沉默，不发表任何观点，却也不打断。

新学期的第一节课并没有发生什么，时春在课后去了一趟领导办公室，讨论了一下比赛的事情，一起去的还有林一。

林一还是老样子，见到时春就忍不住想怼上几句，不轻不重，好像只是图个口舌之快，时春也就懒得理他。

听说他这次的设计拿个名次的希望还是挺大的，至于是什么时春还来不及看，不过才大二就有这样的能力，这一点她还是挺欣赏的。

连续上了几天课，时春也算适应了过来，至少不会再出现迟到的现象，加上牧休言向来没有睡懒觉的习惯，倒是个不错的闹钟。

牧休言难得打来电话问她要不要去食堂吃东西，时春拿着手机半开着玩笑劝谏："牧老师可是已婚人士，在校园公开和我约会，传出去恐怕会影响你正直的形象。"

"怕麻烦？"知道她不想在学校引来没必要的谈资，牧休言也不强求，遂问，"下午有课吗？"

"有一节。"时春老实地回答，这还是牧休言在学校的时候第一次主动打电话邀请她，说不欣喜是不可能的。

"那我们叫外卖。"牧休言直接用的陈述句，看起来这件事情势在必行。

如此，时春也没有了拒绝的理由，何况牧休言都已经委曲求全地决定吃外卖，她总不能连这点面子都不给吧。

挂完电话正巧被林一看见，面露鄙夷："这是和谁谈恋爱啊？"

还真是哪里都离不开他，时春连忙收起脸上的笑容，将手机藏到身后，摇着头道："没有。"

林一也不是真的非要个答案，说完那句话之后，耸了耸肩转身离开，只是心里却有什么东西在躁动，刚才时春含羞带笑的脸，在他脑中尤为深刻。

牧休言早早地点好外卖在办公室等时春，隔壁办公室的老师临走前问牧休言下午是不是还有课，牧休言看了看课表，没有，不过时春有，那就当有吧。

接完电话的时春立即去了商学院，自从搬出学校之后，一般上下午的课隔得时间较长，她会直接去图书馆，除了后来牧休言给时春补课之外，她从来没有主动去过牧休言的办公室。

站在牧休言办公室门口，时春象征性地敲了敲门："牧老师。"

"嗯，办公室没有别人，直接进来。"

一听没人，时春才推开门进去，关门时还不忘朝四周张望了几眼，坐下后，谨慎地问："隔壁的老师呢？"

"下午没课，提前回去了。"牧休言替时春打开饭盒，递到她面前，桌子被他整理出一块，正好够两个人吃饭。

时春这才放下心里，安心地吃饭。西湖醋鱼、一个小菜，加上一道鱼头浓汤，都是很不错的浙菜。

知道牧休言是在迎合她的口味，她也没有明着说出来，乖乖地埋下头，总觉得和牧休言这样有些奇怪。

吃到一半的时候，牧休言忽然抬起头，郑重其事地问："我们是在偷情吗？"

偷情？呃，这个形容并不恰当，好歹他们也是名副其实的夫妻，可照现在这个情况，好像又很贴切，一个已婚老师，一个单身女学生，怎么看都耐人寻味吧。

在时春还在发愣，不知如何作答时，牧休言已经低下头继续吃饭，只是嘴里轻飘飘地冒出一句："不然你怎么紧张得像是随时会被人发现一样。"

这个……时春狠狠地咽下塞得满满一嘴的饭菜，讶然地看着牧休言，有这么明显吗？她以为自己已经表现得足够冷静。

"我……绝对没有，你看错了。"她故作镇定，总不能明说自己是不想传出一段师生恋之类的艳史，说出来的话还不知道会被牧休言怎么讽刺。

"就当是吧。"

牧休言也不和时春明争到底,其实两人的关系真的公布,学校方面肯定什么都不会说,只是时春以后和同学的相处恐怕就不会像现在这般自在。

细想来,还是由着时春,反正这个学期结束之后,她就直接实习,来学校的机会应该也不会有多少,毕业之后就更不用说了。

饭后,时春顺便在牧休言这里蹭着办公室的沙发睡了一觉,也不知道牧休言在做什么,总之好像很忙的样子,键盘一直敲个不停。

离开的时候,时春顺便带走了外卖盒,牧休言说他下午还有事,正好可以等她,让她下课后直接过来就行。

时春想也没想地点头答应,正好下午爷爷在医院进行一次复查,顺道过去看看,晚上直接回牧宅。

03

时春忘记了,上午的时候,于静姝告诉过她等她今天下午上完课后,大家去后街好好地聚聚。毕竟现在她搬了出去,能够聚在一起的时间并不多。

可是时春上完这节课后,就直接去找牧休言了,于静姝的电话打来的时候,她已经和牧休言一起,正往医院赶去。

"时春,你现在在哪儿,就等你一个人了。"

这下时春才忽然想起来,看了眼牧休言,满带歉意地说:"抱歉,刚想和你说,我临时有点事,恐怕不能去了。"

"有事?什么事?"

时春想了想,虽然挺不好意思,却还是随口胡诌了个理由:"忽然有点不舒服,想去医院看看,可能是这几天赶设计闹的。"

"你一个人?"听说时春身体不舒服,于静姝也有些担忧,虽说两人交情并没有多深,可到底曾经还是室友。

"嗯,一个人可以的。"

这样,那边也就不好说什么,只是说下次等她身体舒服了再抽时间聚聚。在她还没结婚之前,她与室友们的关系还是相当融洽的,可在那之后,时春整个人就开始沉浸在学习中,不和她们出去胡闹,也就渐渐疏远起来。

挂完电话后,时春发现牧休言正在看着她。他看似无意般地询问:"有事?"

时春不好意思地撇了撇嘴:"答应你之前,答应了以前的室友去吃东西,正在撒谎呢。"

牧休言不过点了点头,便没了下文,只是时春并不知道,他看似波澜不惊,其实心里何尝不是在窃喜,她在为了他撒谎,面不改色,毫不犹豫。

他们去的时候,牧爷爷正在进行各方面的检查,李叔陪着。时春跟着牧休言去了医生办公室,听到医生说牧爷爷目前的情况还挺好的,等检查结果出来后,有什么需要注意的再联系他们。

· 123 ·

从办公室出来，牧爷爷那边的检查还没有结束，时春也不愿意走动，就随意找了个位置坐下，原以为牧休言应该会去看看牧爷爷的，没想到他居然坦然地在她旁边坐下。

"咦？"时春有些疑惑，"你不去看看爷爷吗？"

"李叔在那儿，何况还是在医院，能有什么事。"

好吧，虽然觉得这种话不应该从牧休言嘴里说出来，但是听着又好像找不到理由来反驳，时春也就只能闭口不言，当作事实就是如此。

"听说你以后都不去设计院上课了？"时春没话找着话，哪怕在一开学时就听见于静姝在耳边抱怨过牧休言不来上课的事，可如今两人这样端正地坐着，不说些什么着实有些奇怪。

牧休言并没有质疑她的问题，反倒配合地回答："今年商学院又重新给我开了一堂课，两个班，下半年的情况还不知道，不过应该也不会少，就算是想过去恐怕也精力有限。"

"那等着上的课的那群小学妹，恐怕要伤心了。"时春无奈地叹着气，好像是在为她们伤感一般。

牧休言忽然转头盯着时春，若有所思地点了点头，苦恼道："时春，你在从我嘴里套话？"

"啊？"时春愣了愣，马上明白过来牧休言说的是什么意思，赶紧解释，"不是你想的那样，我没那个意思……"显得有些慌张。

"看来还是应该辞掉老师这份工作，待家里会比较让人放心。"

"牧休言！"时春瞪着眼，要不是在医院，她现在恐怕会直接拍桌子走人,都说了不是那个意思。

牧休言无奈地耸了耸肩,每次时春连名带姓地单独叫他的时候,就是她即将发火的表现,虽然从来都没了下文,但他还是知道适可而止的。

牧爷爷大概是在半个小时候之后检查完毕的,医生说让他尽量保持身心愉悦,定期过来做康复训练,渐渐回到以前的状态也不是没有可能。

一行人从医院离开后便去了牧宅,今年大伯算是正式从以前的位置上退了下来,除了偶尔会去开个会之外,闲下来的时间足够多,倒是在家里的大院里种了好些花。

去的时候,家里正好有几个匠人在搬东西,大伯母告诉时春,大伯就是在瞎折腾,只是心疼了那些花花草草。

时春含着笑在一旁帮着云姨择着菜,大伯难得从位置上闲下来,有点爱好,自然要发挥到极致,至于那些花花草草,现在看上去好像都在含着苞,估计过不了多久就能看到它们一个个娇妍争艳,有什么不好。

牧休言正在扶着牧爷爷尝试性地走一两步,牧爷爷也不强求,那场病之后,倒是显得和顺了很多,用时春的话说,是更加可爱了。

牧母答应今天和牧父一起过来,倒不是什么大日子,只是难得时春他们有空过来,就大家一起热热闹闹吃一顿。

考虑到爷爷的身体并不适合大鱼大肉,时春特地给爷爷开了个小灶,做了些清汤小炒。云姨说,时春现在的手艺是越来越好了。时春笑着没说话,谁能想到半年前她还是个什么都不会做的门外汉呢?

牧家的饭桌难得没有像以前那般沉寂，大概是牧爷爷对家里的资源分配严重不均表示抗议，冲着一旁的云姨说："小云，我什么时候亏待过你们夫妻，现在连吃个饭都开始差别对待？"

云姨无奈地看着时春，平时爷爷和大伯分开来吃，倒也不觉得有什么，今天这样的日子，要不是时春坚持，她怕是绝对不敢这样对牧爷爷的。

"爷爷你这么说，是在怪罪时春？"时春示意云姨没事之后，可怜兮兮地冲着牧爷爷抱怨。

"怎么又和你有关系了？"

"今天难得在爷爷面前大显身手，结果被这么嫌弃，看来以后我还是金盆洗手吧。"时春看似漫不经心地感叹，眼神略带哀伤。

牧爷爷何等聪明，自然瞬间明白事情的缘由，遂赶紧堆着笑澄清："原来今天这是时春的手艺啊，那我可要好好尝尝。"

"这还差不多。"

看在眼中的大伯忍不住感叹："看来还是我们家时春的面子大啊。"

时春不好意思地笑了笑，放在桌下的手被旁边的牧休言轻轻握住，没错，她知道今天这种时候，非要让牧爷爷对着一大桌的大鱼大肉吃那些寡淡无味的营养餐，非得让他气得摔碗，不过如果始作俑者换作她就不一样了。

这一点她很清楚。

饭后，因为时春明天还有课，几人跟着牧父一起回市里，牧爷爷今天好像还挺高兴的，连连笑着目送着时春他们离开。

临走时，时春还忍不住叮嘱牧爷爷，尽量配合云姨吃清淡些。

被孙媳妇这么教训，牧爷爷也不生气，反倒笑嘻嘻地点头作着保证。

04

可能是因为今晚吃的东西不好消化，到了半夜，时春因为肚子疼不得不摸索着起来，想说去找点药。因为上次两人集体感冒，加上牧休言的胃病，家里倒是放着七七八八的好些药。

时春一起来，牧休言自然也就醒了过来："怎么了？"

"可能是晚上吃太多，有些不消化。"时春疼得连说话都没了力气，挣扎着从床上起来。

"躺好。"牧休言以最快的速度阻止了时春的动作，"先忍忍，我去找药。"

时春想告诉牧休言其实并没有那么严重，不过还不等她说出口，他就已经从房间消失了，她只能无奈地躺在床上，等着他回来。

牧休言进来的时候，手上还有一杯水，看来是刚烧的，温度冷却得刚刚好，时春接过他递过来的药就着水一块吞了下去。

不知道是不是药效的原因，时春很快便睡了过去，后半夜倒是没有什么事情，第二天起来的时候，她发现居然已经过了今天的第一节早课。

"牧休言，你为什么不喊我起来？"

在路上的时候，时春抽空给牧休言打了个电话，好在公寓离学校并不远，坐公交车也就几站路。明明昨天在睡觉之前就告诉过牧休言，让他去上班的时候顺便叫上她的，居然将孤零零的她一个人扔在家里。

本来对于这个学期课程的安排就已经很火大了，明明已经是大四的他们居然有几天的课安排在一大早，现在更是被牧休言气得不知道说什么好。

"我给你请假了。"语调轻巧，牧休言淡淡地看了一眼旁边同行的老师，示意对方自己有点事情。

什么？时春不可置信地看着牧休言，作为人民教师，居然放任她在这儿睡觉就算了，还给她请了假。

"老师同意了？"

"理由正当没有什么不同意的，何况就一上午。"

时春半眯着眼，确认着牧休言话里的真伪，毕竟今天这堂课的老师别说请假了，就算是迟到都可能会被训上半天，牧休言这么轻松地就做到了？她不相信。

"那你不早点说，我现在都已经在学校了。"

"我给你留了字条在床头柜上。"

想来是时春起来看见时间后太过焦急没看到，如此也就没有办法怪人家了。

时春哀怨地叹了口气："我忘记看了。"

"好点了吗？"

"好多了。"吃了药后，已经好很多了，不然也不会有力气站在这里和他争辩这些，不过想到上课，她还是有些担心地问，"我不去上课真的没关系吗?"

"需要我打电话确认吗?"

"这倒不用。"牧休言都这么说了,她再怀疑显然说不过去。

"吃饭了吗?"牧休言漫不经心地问。这样浪费电话费说这些,倒真不像牧休言的风格。

时春看了看已经近在眼前的早餐店,虽然已经过了早餐时间,不过应该有吃的:"正准备去吃,然后去教室报个到。"

"那行,我还有课,先这样吧。"

"嗯,再见。"

"难得看到牧老师这么贴心,女朋友?"同行的男老师目睹了牧休言接电话的全过程,略带好奇地追问。

"我老婆。"牧休言迅速恢复如常,简单地回答,但是谁都看得出来他眉宇间的喜悦。

"你真结婚了?"那老师显然有些不相信,虽然学校里都已经传遍了牧休言结婚的消息,但是一个学期都没见过有女人来找牧休言,大家自然也就当作牧休言避免麻烦跟大家撒了个谎。

牧休言略带得意地挑了挑眉:"这种事情还能开玩笑?"

换作以前,他肯定会当这又是牧休言的另一个谎言,不过就今天的情况看来不会有假。那老师默默在心里叹了口气,前几天还有女老师找他打听牧休言的情况,现在看来已经不需要了。

05

这天并没有什么课,时春打算去戚卫礼的工作室看看,她在那边的工作也算是定了下来,平时都是靠着邮箱联系。虽然戚卫礼倒是没有因为是她所以有什么资金上的特别优待,前面几个月照样给的是实习期的工资,不过对于她已经很好了。

时春忽然接到林一打来电话让她去一趟画室,虽是疑惑,但她还是同意了。虽然两人没说过几句好话,但是对于对手,时春向来尊重,看来去戚卫礼的工作室这件事只有往后推了。

时春并不记得上午在画室有课,设计院的领导为了配合那些个整天搞创作的老师,将和绘画相关的课程全部都安排在了下午,也算是一种人性化的表现。

只是这小子在这个时间点让她去画室干什么?

画室里只有林一一个人,正坐在画架前画画,对于时春的到来他并没有特别的表现,不过是提醒了一下她关门。

"喂!叫我过来干什么?"时春倒是没觉得有什么,随手关上门后,绕到林一身后,"这是?"

她没有看错的话,林一现在画的那个人——是自己?!

说不震惊是不可能的,她一直认为林一视自己为对手,就等着哪一天将自己踩在脚下,可是现在……她开始不这么觉得了。

"时间刚刚好。"林一一直到将最后一笔画完之后,才站起身来,他正视着时春,眼里略带紧张,像是做了很大的决心,"没看错,就是你，原来你真的一直都不知道。"

"你这是什么意思？"虽然已经大致猜出了林一的意思，但时春还是有些怀疑，她从来没有往别的方向想过，他和她之间能有什么。

林一的眼神忽然变得异常坚定："宿学姐，不，宿时春，你觉得我这幅画怎么样？"

时春现在有些无所适从，林一来学校的第一天，他们便认识了，一个凭借着优异的艺术成绩进来的学生，却意外地备受老师关注，至于她，一直是学校的佼佼者，想不认识都难。

可是她一直记得，林一见到她时说的第一句话是："宿时春是吧，早晚有一天，我会让你知道什么叫作真正的建筑设计。"

那时候，他不过是个什么都不懂的小屁孩，时春也就当他是随口胡诌，并没有放在心上，不过后来他在设计上面表现出的显著天赋，确实让她刮目相看。

他们什么时候变成这样了？

"林一，我想你误会了。"

"我这是被拒绝了？"林一略带感伤，"那我能问你一个问题吗？"

时春忽然有些隐隐的不安，却还是故作镇定地点头同意："你说。"

"你觉得牧老师怎么样？"

牧休言？时春不解地看着林一，像是疑惑他为什么会忽然问起牧休言，却还是老实地回答："牧老师是一个很优秀的老师，为人正直，长相帅气，优点很多。"

"知道了。"林一将刚刚画好的那幅素描交到时春手上,"这幅画就当是送给你吧。"

时春犹豫着,却还是接下了林一递过来的那幅画,细心地卷好,礼貌地回了一个微笑:"谢谢。"

虽然觉得今天的林一有些过分的冲动,但时春觉得还是应该礼貌地对待,不管怎么说,他还是一个值得自己尊重的对手。

"静姝,你找我什么事?"刚从画室离开,时春就接到了于静姝的电话,好像遇到了什么事情很焦急的样子。

"宿时春,老实说,你和牧老师到底是什么关系?"

今天这些人到底是怎么了,前面林一莫名其妙地问她觉得牧休言怎样,现在这个又直接来问她和牧休言的关系,他们就不能不围着牧休言转吗?

"牧休言?上个学期我的高数老师,让我顺利摆脱高数的那个。"时春想也没想地解释。关于牧休言,她还没有确定非要拿出来。

"只有这些?"

"不然还有什么?"

"那怎么我听说你和牧老师好像在一起了,前些时间还有人看到你和牧老师去了医院,说是因为你怀了牧老师的孩子,没办法所以去医院……"于静姝有些疑惑,小心翼翼很谨慎地试探性地问,"我没有记错的话,那天你忽然说有事要去一趟医院,没有来和我们聚餐。"

话已经说到这份上,时春就算再傻也能听懂里面的意思,可是那天去医院怎么就被学校的人知道了呢？真是郁闷，而且想象力比现实要精彩得多。

"于静姝，你这到底是从哪里听来的不实消息？"

时春有些动怒，看来不管怎么样也要找牧休言商量一下，大概是上个学期也没发生什么，这个学期也就没有那么多顾虑，哪知道会出现这样的情况。

虽然一向对于学校的八卦事件满怀兴趣，但是并不表示那种事情出现在身边的人身上后还能如此，于静姝显得比时春还要焦急："我这不是来问你吗？听说牧老师现在正在年级组长的办公室，现在不光他们商学院，连我们这边都传遍了。有没有你说句话，要是没有我现在就把那人揪出来训一顿，这算怎么回事，人家牧老师可是有妇之夫。"

"总之，不是你听说的那回事，我这边还有事，等下说。"不等于静姝再问什么，时春已经迅速地挂了电话，从听到牧休言被年级组长带去开始，她忽然变得紧张，明明知道他并不需要她担心，可她还是想立即看到他。

06

牧休言还是头一次看见时春这样，慌乱、焦虑、担忧，甚至有些不知所措。

"牧休言，你没事吧？"不过是刚到办公室门口，时春就已经等不及地问出来，刚刚的一路明明知道被人看到事情可能更糟糕，可她顾不了这些，她觉得慌乱，而脑中也只剩下牧休言。

· 133 ·

"学校邀我过来教书，又没说我非要未婚。"牧休言贴心地给她倒了一杯水，示意她慢点喝，看似淡然，并没因为这件事而受影响，只是她没有发现，在她出现的那一刻，牧休言才稍稍松开的眉头。

如此，时春便也放下心来，可细想牧休言的话后，直接被呛到，咳了好一会儿才稍缓下来，不可置信地看着他："等等，你刚刚说什么？"

"难不成到现在你觉得我们的事情还能瞒得住？"

"可……"时春颓废地往沙发上一坐，"那也不能直接承认，现在我要怎么在这学校平安无事地毕业啊？"想到于静姝要是知道自己骗了她这么久，还不知道会怎么教训自己。

"宿时春，我让你很丢脸？"牧休言问得一本正经，脸上表情默然，只是接过时春的水杯在桌上叩得砰砰响。

对上牧休言的眼神后，时春就知道自己完蛋了，她能够感觉到，牧休言现在很生气，像是一座活跃的活火山，随时都有可能爆发，此后寸草不生。

"我没有这个意思，只是我们……"

"宿时春，其实你从来就不愿承认我们结婚的事实。"

牧休言说完便背过身去将时春冷落在一旁，回到桌前时，眼里眉间的情绪早已恢复如常。

得知消息的那一刻，满脑子想的全是她，看到她兴冲冲地跑到自己办公室时，心里闪过一丝欣喜，在她不愿说出那个事实的时候，突然失落，甚至愤怒。

他知道这很不像他,明知道时春只是胆怯,却还是差点失控到发火。

时春怯怯地看了看牧休言,随即将头埋得低低的。她不知道怎么为自己辩解,牧休言没有说错,即便到如今,即便和牧休言之间已经发生了翻天覆地的变化,可她还是没有勇气正视和牧休言之间的这段婚姻。

她心里始终觉得,宿家欠牧家太多,而她只不过是过来还债的,见过哪个地主家的孩子会真的对小丫鬟动心,牧休言不过是一时同情而已。

何况她见过牧休言为了沈柔醉到不省人事的样子,这样的他,让她怎么能够相信,会突然真心爱她呢?

她根本不敢有此奢望。

"对不起。"细微的声音,足以表现时春现在的愧疚,即便脑中闪过千百个理由,最终她也只说出了这句。

"没让你跟我道歉。"牧休言方才的怒气已然消了不少,"只是希望你能够明白,我们之间堂堂正正,什么都没有做错,没有你想的那么不堪,你没必要避开我。"

时春看着牧休言的眼神闪了闪,努力地张了几次口,却不知道说什么。不避开他,跟着他走?可那是一条完全漆黑的路,磕绊悬崖都无法预料,甚至一不小心就会万劫不复。

可他眼里的坚定,又让她没办法怀疑。

牧母的电话打得恰是时候,正好在时春思索着该怎样与牧休言解释之时,电话里的内容时春听不到,不过是见牧休言应了几句,就结束了电话。

"妈等下会过来,说一起出去吃个饭。"牧休言挂完电话后,看着还在那儿冥思苦想的时春,对她说道。

牧母在教育局工作,在桑大也认识不少领导,牧休言和时春闹出这么大的事,她大概已经听说了吧。

时春微微点了点头,听到消息的那一刻,她脑中想的全是应该怎么解释这一切,恨不得这一切和她没有任何关系,她可以逃得干干净净。牧休言显然也意识到了这点,甚至知道如果他们现在否认掉这段关系,他们之间的僵局会比以前更甚,她会开始躲着他,以至于在学校甚至各种公共场所。

她就是一只乌龟,不去管她,她可以自在舞蹈,可一旦有任何风吹草动,她便将自己缩回壳里,再想让她出来,还不知道是多久之后。

07

牧母的工作并不清闲,过来的时候,迟到不说,显然有些疲倦,可是在看到时春后,还是温婉地露着笑。

"妈。"时春礼貌地唤。对于牧母,她向来尊敬。

牧母还是一如既往的温柔模样,并没有因为他们闹出这样的事情而恼怒,让时春有种他们不过是坐下来吃顿饭这么简单。

眼见着叫好的菜半天没有端上来,牧母好像有些着急,对一旁的时春说:"时春,帮我去问问菜什么时候能上齐吧。"

面对牧母的吩咐,时春来不及多想,甚至忽略了牧母从来不会在牧休言面前吩咐她，只是当牧母是真的等不及，所以差遣她过去催催。

待时春一走，牧母便立即板下脸来，直视着正前方的牧休言："何必做让时春这么苦恼的决定，这一点都不像你。"

"我……"牧休言张了张口，最终却不过是重重地叹了口气，"总得做几件糊涂事吧。"

"真的喜欢时春？"牧母的目光似是在严刑拷问般，先不管时春是怎么想的，至少自己家的孩子，多少她还是能够知道一些的，如果不是真的决定和时春好好过日子，他也不会这般对时春的。

"是真的喜欢时春，你就要想清楚，不要等到以后再反悔，先不说这种事情爷爷绝不允许，对于时春何尝不是一种伤害？"眼见着时春已经朝这边走过来，牧母也就不再怎么啰唆，也不等牧休言的回答，径自做着总结。

牧休言看了看不远处走过来的小小身影，伤害她？或许他从来没有想过，对于这个善良的孩子，他又怎会忍心伤害。

这顿饭不过是平平淡淡地结束了，中间除去时春因为吃得太急被呛到之外，倒是什么都没有发生，本来已经准备好接受牧母的拷问，最后却什么也没有等到。

直到饭后，牧母才装作无意地问："时春，陪妈走一段吧？"

对于长辈这么简单的请求，时春自然没有拒绝的理由，只是转头看向牧休言，似是在询问，毕竟他们之间的事情好像并没有解决，见牧休言并没有拒绝后,时春才冲牧母微微点了点头。

"学校的事情很苦恼吧?"路上,牧母语气温柔,看似闲谈般地和时春对话。

时春摇了摇头:"其实也不算什么,我本来也不会在乎这些,过几天自然会有事情掩盖过去。"

"看来还是很苦恼啊。"牧母兀自感叹,随即凝神盯着前方,"时春,嫁到我们家来是不是很委屈?"

"明明应该经历一段明媚的爱情,然后再决定要不要结婚,即便不是如此,结婚对象也应该是自己选定的,是个什么样的人不重要,至少会让你觉得安心,现在这样确实哪点都不符合。"牧母用着一个过来人的语气说着,又或者只是时春一个年纪稍长的朋友,语调平和,没有埋怨,没有责怪,只是分析。

"妈……"明明知道应该否认,最终却又什么都说不出来,她只好埋下头盯着脚尖,欲语还休。

牧母显然并不在意,倒像是在做一场演讲般,不需要旁人配合,只是将自己想说的说出来。

"我知道休言很优秀,不管是学习还是生活,从来不需要我操心,只是他未必会是一个优秀的丈夫,而他那些不完美的地方,我希望你能包容。我知道这对你来说并不公平,但是既然已经是夫妻,什么问题都需要两个人合力解决不是吗?"

时春给了牧母一个宽慰似的笑容:"妈,我知道你想说什么,有些地方也是我做得不对。"

牧母看着她摇了摇头："不，你做得很好，我只是希望你和休言能够成为互相扶持的夫妻，这也是爷爷希望看到的。"

面对牧母的期盼，时春给不了承诺，也不知道应该如何回答，只能微微笑着，闭口不言。

时春下午还有一节专业课，议论是避免不了的，她只能当作什么都没有听到，毕竟事情已经这样，再说什么都显得有些多余。

"时春，你真不介意？"于静姝显然看不惯他们在那儿胡乱揣度。

相较而言，时春觉得自己的定力确实挺好，又或者是这节课的内容更有吸引力，在事情一开始，她真的有些混乱，不过这并不影响她上课，何况本来也是一件早该面对的事。

虽是如此，时春还是在这节课后请了几天假，她并不想迎在风口浪尖上，何况她无法想象如果事实变成了另一番样子之后，她需要怎么来向于静姝解释这一切。

牧休言显然是在等她，端正地坐在沙发上，手里拿着一本经济学书籍，看似看得很认真，却在她进门的一瞬间放下，目光转向她。

"抱歉。"在时春注意到他的一瞬间，牧休言神情淡然地说。

时春显然有些诧异，愣了半天，才缓缓地摇着头，故作轻松地说："又不是什么大事，没必要互相道歉吧。"

"宿时春！"

牧休言忽然加重的语气让时春脚下步伐一顿，不得不转头看向他。

"违背了之前答应你不公开结婚的事,很抱歉,也知道之后可能会给你带来很多不安与麻烦,但我希望我们可以一起面对。"

对于牧休言忽然的煽情,时春总归还是有些不适应的,匆忙地放下包转身走向厨房,嘴里支支吾吾地说:"我先去做饭。"

看着她略带慌乱离开的身影,牧休言神情黯然,若有所思。

中午,牧母还是头一次这么正式且严肃地说着那些事情。

从一开始,她就像是这件事情与自己无关般从不过问,该出场时出现,该退场时撤退,任由着他们胡闹,甚至在他们需要她时,施以援手,不过是希望他们能够慢慢适应这场婚姻,而不是背道而驰。

母亲把时春叫走后说了什么,他无从得知,不过也能猜出大概,而时春并不想和他说其中的内容,他尊重她,至于旁的,他有责任替她解决好。

飘忽不定,不够坚决,是他的失误,或者说,是他明知问题所在,却没改正。

虽知母亲不过是过来提点一下他们,倒不强求真从他们这里得到什么保证,何况这种时候做出什么保证都是不走心的。

她又何必逼他们。

只是他知道,有些事情,已经容不得他稍后再想,也缓和不得。

第七章 ///

他觉得自己就是个浑蛋，一个彻头彻尾的浑蛋。

01

关薇的慰问电话早在事发后的当天晚上就打了过来，有时候她不得不敬佩邵学长的消息网，不管是什么都能第一时间汇报给关薇。

这两天反正没有什么重要的课程，时春干脆请假在家，借着空下来的时间，去了一次瑞方。工作室的同事早就认识，大概是有新项目在忙，又知道她是戚卫礼的助理，不过微微打过招呼，便由着时春自己瞎逛。

时春没有想到会在戚卫礼的办公室遇见卞和，出于礼貌，时春是等他们聊完之后，才敲门进去。

"是不是看我太忙，打算过来发挥一下你助理的作用？"戚卫礼在看见时春之后，丝毫没有半点领导的架子，反倒给时春倒了杯水，大大咧咧地开起了玩笑。

"戚总想让我做事难道不是一句话的事，毕竟您现在可是我的衣食父母。"时春勉强地露了个笑脸,不过是因为不知道去哪儿,所以来这里坐坐,让她现在这样和牧休言坐在一起也着实尴尬。

"算了,我还没有到压榨实习生的地步。"戚卫礼淡然一笑,喝了一口咖啡,该让时春做的那些,早在这个月初就已经发给她了,按照她目前发过来的进度来看,完成得很不错。

时春也不介意,在这些天和戚卫礼的接触中,大概也知道他是什么样的人,虽然看上去总是不着调,哪怕现在也不过是随意地穿着休闲裤拖鞋,可对于工作,却是谨慎认真的。

"戚总,我想特地向您说明一下,我不会开车。"时春说得很认真,想起前些时间戚卫礼发给她的工作一览表,里面标注打红的一项就是,在老板出去的时候,负责开车。

"就为了这个事特意过来一趟?"戚卫礼皱着眉头,显然不认为这像时春的行事风格。

"那您就当我是想喝戚总亲自泡的咖啡吧。"时春笑着扬了扬手上的咖啡,一口饮尽,随即转身离开,其实不过是闲赋在家里闷得慌,又不知道去哪儿好,所以来这里转转,不过这些没必要解释太清楚。

戚卫礼不满地看着被时春摆在茶几上的空杯,开口教训:"哪有人喝咖啡像你这么牛饮的。"

"这样效果好。"时春的声音从门口传来,渐行渐远。

卞和显然是故意等在楼下,时春刚从电梯出来,就看见他站在不远处。不知道是不是因为关薇的提醒,明明看见他脸上还是终年不改的笑,可时春总觉得里面好像藏着什么。

"要不要走走?"柔和声音里,这样的请求让时春根本无法拒绝,何况她本来也打算找卞和谈谈。

时春笑着应了下来,不知为何,卞和今天给她一种陌生的距离感,这并不多见,或许这在卞和回来后一直存在,只是她之前因为别的事情给忽略了。

沿街的树早在春风的抚慰下冒出了新芽,今天的天气很好,温暖的阳光似乎可以润入心底,时春想:如果不是学校突如其来的那些事,应该会是不错的一天。

"被事情难住了?"在两人漫长的沉默后,卞和看似闲聊般地问她。

时春心里一怔,明明从戚卫礼的办公室出来后,她以为已经将那些情绪隐藏好了,没想到卞和不过几眼便看了出来。

既然已经被看了出来,时春也不想隐瞒,直接摆出一副很失望的表情,略带惋惜:"果然什么都瞒不过你。"

"在心理医生面前,瞒不瞒都有些多余。"卞和轻飘飘地说。

这是时春第一次听卞和提起他的职业,他离开桐湾之后的事,她并没有刻意去问,而他似乎也并不想着重提起,甚至于他和戚卫礼是怎么认识的,她都不知。

如果不是好几次机缘巧合,卞和甚至变成了一个她完全不了解的陌生人,她见过卞和房间那些厚厚的心理学著作,住所地址是当初戚卫礼告诉她的,甚至于他和戚卫礼的故事都是从戚卫礼那儿打听到的。

她不主动向卞和问起,是因为她知道自己现在的身份并不合适,又或者是认为已然没了这些必要。

"卞和，我们还是朋友吧？"

时春没头没脑地冒出这样一句话，不过这在卞和看来并没有什么，只是本来打算揉时春头发的手在半空中顿住，他并不想让时春有所困恼。

"难不成我说不是，就真的不是了？我认识的宿时春好像不是这么容易屈服的。"

"那能和我说说出国后的事情吗？我想知道。"

明知道这个要求或许会很过分，但时春还是直接问了出来，就算只是作为朋友，她也应该多了解一些他，何况不管怎么说他对于她是很重要的一个人。

卞和看了看走在一旁的时春，却并不震惊她会这么问，倒是有种终于等她问出口的释然："其实也没有什么好说的，按部就班地上课，倒也没有什么特别的事情，不过不和你联系倒是有原因。过去后，母亲希望我能够全心全意地学习，所以并没有给我多少空闲时间，而且留着你电话号码的那张字条，在机场的时候弄丢了。"

如此，时春便也不能再说什么，只能笑着，语气里带着一丝庆幸："幸好你找了回来，不然还不知道我们会等到什么时候再见，我又不知道你在美国哪里。"

卞和脸上的苦涩一闪而过，若不仔细自然什么都看不出来，何况时春一直低着头。

"没有我的时候，你好像更厉害。"

"那是我坚强。"时春得意地说,她并不想提那些已经不再可能的事情。

卞和笑着,并没有往下再接话,阳光透过树叶的斑驳光亮打在时春的脸上,落在他眼里分外可人,他经历什么并不重要,而是她照旧做个无忧的小孩子就够了。

02

时春在戚卫礼的工作室躲了几天,最终被以喝了太多咖啡为理赶了出来。时春知道戚卫礼不过是不希望自己耽误学业,虽说现在的她,在课堂上已经学不到什么东西,但并不代表有恃宠而骄的权利。

关于这些事情牧休言倒是没有发表什么见解,对于她的行踪也不做过多追问,倒不是不关心,而是给她留足私人空间。

这段时间,基本上每节课上都会有人问他的感情问题,虽然这在之前就已经提过,不过主角身份暴露之后,大家更想要确认。时春不去学校,倒也省了些麻烦事。

接到班主任的电话,时春倒也没有意外,既然牧休言都已经被领导叫过去谈话,她这边恐怕也少不了,其实学生结婚倒也不是什么特别的事情,但对象换成老师,免不了还是会被例行询问一番。

从办公室出来后,时春便被于静姝给截了去,刚在奶茶店坐下,于静姝便盯着她恨不得将她看穿,半晌,才半信半疑地问:"宿时春,你到底还瞒了我多少事?"

· 145 ·

时春觉得这种时候不能直接往枪口上撞，毕竟这位可是在事情一出来就站在最前面，替自己打抱不平的，只得装作无辜地摇了摇头，闭口不言。

换作平时，于静姝肯定会不再追问，可如今，向来老实听话的时春在她这里已经打上问号，被蒙在鼓里的滋味并不好受。

"牧老师口中的妻子，是你？"

时春被迫无奈地点了点头。

"那当初你说搬去亲戚家，其实是搬去牧老师家？"

时春犹豫着，最终摇了摇头："那里也算是我家。"

于静姝自然不会在意这些细节，重点是她被时春骗了。

"总之，你每天都在看书，说不想谈恋爱，其实是因为和牧老师已经结婚；说要搬出宿舍，其实是搬去牧老师家；上次推掉我们的聚餐，其实是因为要和牧老师去医院……"说着，于静姝脑中闪过什么，随即盯着时春的肚子，不可置信地感叹，"你怀孕了？！"

"什么？"时春听到她这样毫无根据的猜测吓了一跳，下意识连说话的音量都大了几分，反应过来后，赶紧不好意思怯生生地埋低身子，"你乱说什么，那是因为牧老师的爷爷前段时间生病，那天刚好去检查。"

见时春似乎并没有说谎，于静姝才不得不相信，叹了口气，表情有些遗憾。

"可是你和牧老师在一起，为什么非要瞒着啊？"

面对于静姝的疑问，时春不知道怎么回答，总不能说因为一开始以为牧休言回来两人就会离婚，就算不是马上，至少也不会撑多久，哪知道事情会发展成现在这样。想了想,她只好装作不好意思地逃避着:"怕麻烦。"

于静姝倒也是明白人,不过也是,突然传出有一个帅气的老公,而且那个人还是去年学校名气最大的老师,并不轻松。

两人没有坐多久,便各自散了。

刚从奶茶店出来,时春就接到了牧休言的电话,问她是不是在学校附近。

虽然不知道牧休言是从哪里听说的,可他既然都已经问了过来,总不能否认这个事情吧。在时春犹豫的时候,牧休言已经发话让她去办公室等他了,最终她只能无奈地答应。

有些事情,既然已经明朗,那也就没有遮遮掩掩的必要。

时春没有想到,牧休言的办公室还有两个学生在,好像是在讨论学习的问题,她直接推开门后,尴尬地站在那儿,进也不是退也不是。

那两个学生倒是比时春反应迅速,含着笑看了看牧休言,立即乖乖地冲牧休言示意离开,路过时春的时候,还不忘亲切地叫了句"师母好"。

时春愣在那儿,哼哼唧唧地应了几句,一直到他们离开,才反应过来,转头问牧休言:"现在不会大家都知道了吧?"

"商学院和设计院知道的应该不少,别的院系应该并不知情。"

商学院和设计院难道还不够吗?要知道在桑大,最大的两个院系就是商学院和设计院了。听着牧休言毫不在乎的语调,时春只得垂头丧气地关上门,坐在一旁的沙发上,神情哀怨:"这回可算是出名了。"

"过段时间就会没事，打算什么时候回校上课？"

对于牧休言话题转换的速度，时春只能勉强跟上，回了一句"明天"，大概也能想到牧休言是听说她被班主任喊去谈话的事，才顺道问的。

牧休言下午还有一节课，时春干脆直接在他办公室睡一觉，等下直接一起回去，免得折腾。

被手机铃声吵醒的时春，端坐在办公室，任由着牧休言的手机停了再响，最后静默。出于隐私考虑，她没有接他电话的打算，直到他的到来。

"我手机刚刚有电话进来？"牧休言在看见手机有未接来电的时候，神情有些紧张，像是很害怕时春会看到什么，反应过来没有备注之后，才暗自后悔方才的激动。

莫非是什么重要的电话？时春微微疑惑，略带抱歉地解释："响了好一会儿，我想着是你的电话，就没有接，很重要吗？"

牧休言已经将手机收进了口袋，装作无事地冲时春摇了摇头："没事，一个朋友。"

见他如此轻描淡写的样子，时春也就不好再多问什么，只是对于牧休言刚才表现出的紧张，有些疑惑，这种情况并不多见。

牧休言说出去打个电话，时春便在办公室里等着他，突然公开的婚姻，看似是好事，可又好像让两人走到了瓶颈，进退两难。

不知道是不是因为长时间没有坐在某个密闭的空间，时春忽然有种两人好像又回到了他刚回来那阵的错觉，她又开始不安无措，不知道决定带来的后果,能不能抵挡得住,牧休言显然也感觉到了。

"那笔钱,没有让你立即就还。"牧休言忽然开口,语调严肃,像是酝酿很久后郑重说出。

时春这才注意到车前方有一张暗黑色的瑞方名片,当初戚卫礼找上她时收下的,看来不知是什么时候掉在车上的。

"是戚总主动邀请我去瑞方工作,这个学期结束后也该实习,瑞方本来也在考虑范围之内,就想去试试。"时春认真地解释。

"嗯,考虑清楚就好。"

牧休言没有说,其实关于时春的实习的问题,他并不希望她这么着急,何况他手上还有一个长期合作的客户,就是做房地产开发的。

03

将时春送到学校后,牧休言将方向盘一转掉头开向另一个地方,上午本来就没课,平时是因为送时春,就提前过来,不过今天他有点事。

那天错过的电话,后来他又打了过去,听着对方略带歉意的措辞,他知道自己拒绝不了。

沈柔在和他分手之后,两人并没有刻意地联系,但是那串电话号码,即便没有备注,他也还是能够一眼就清楚地知道是谁。

所以才会在办公室的时候,慌张地询问时春电话的事,因为他担心时春知道后,从而多想。在他俩婚姻的事情上,时春就像只谨慎的乌龟,即便是清风拂过,她也会将自己迅速缩回壳里。

"休言,能不能借我点钱,我弟弟赌钱,在外面借了高利贷,现在对方找上门……"沈柔含泪带泣的声音再次回荡在脑海里。

是慌张到什么地步,才会将电话打到他这里?那一刻,他知道自己无论如何也不能拒绝。

他能够想到此刻沈柔的无助,本来也就只是一个胆小的女生,曾经无数次在回家的晚上怯生生地紧紧跟在自己身后,他知道,如果当初不是因为看他在爷爷逼婚的事情上煎熬着,她也绝不会突然退学去了邻省。

对于她如此卑微的请求,他没办法做到视而不见。

离两人约定好的见面时间,还有一个小时。沈柔今天并没有去上班,不过她这副憔悴的样子,牧休言还是第一次见到。大多数时候,她一定会将自己收拾得妥妥当当再出来见人,不过是几个月不见,她好像变了很多。

握在方向盘上的手紧了紧,如果不是因为担心自己的突然出现,让沈柔紧张慌乱,他应该会立即冲下车,问问她到底发生了什么。

仓促到像是临时决定的结婚,就连借钱都找到他,明明应该在离开他之后过得更好,怎么到头来却是这副样子?

再次见到沈柔的时候,她已经将自己收拾好,如果不是提前过来看到她下楼买东西回去的那一幕,他恐怕还被蒙在鼓里。

她曾经无数次有意无意地告诉他过得很好,甚至在婚礼现场着重强调她的丈夫很爱她,可到头来,他发现这一切不过是她说的谎,让他不忍甚至自责,却又无能为力。

牧休言努力地张了好几次口,想要戳穿她的谎言,但是最终不过是微微敛了敛眸，等着沈柔开口。

　　沈柔显然有些不好意思，眼底是藏不住的疲倦："休言，知道这样找你有些失礼，可我一下也想不到还能找谁借那么一大笔钱。"
　　事情的经过不过是听沈柔在电话里提到了一点，当时因为太晚，又担心时春知道什么，他只不过安慰了几句，让她有什么事见面再说。
　　牧休言安慰性地笑了笑，示意她没事："我知道你想说什么，你也不用想太多，你弟弟的事情，我会尽量帮忙的。"
　　沈柔感激地冲牧休言笑了笑，不好意思道："对不起，这种时候居然还来麻烦你。"
　　"我们之间说麻烦似乎有些客气，你知道，只要是你需要，我一定不会见死不救。"牧休言淡然地看着她，眼里有着少见的温柔。
　　沈柔不过是微微一笑，将距离把握得很好："谢谢。"
　　其实两人并没有见面的必要，事情的因果本来就已经在电话里讲清楚，或许牧休言只是出于自己的私心，他想见沈柔一面，确认她是不是如他所知般过得很好。
　　此后漫长的沉默却很是自然，并没有任何尴尬的意味存在，直到沈柔看了看时间，略带歉意地站起，准备离开，牧休言才迫不及待地开口："最近还好吗？"
　　明知道这有些多余，可他还是忍不住问出了口。
　　"挺好的。"沈柔的脸上看不出任何破绽，似乎早就想到牧休言会这么问，连回答都自如得像是在心里练习了好多遍。

如此，牧休言也就没有再问什么，眼睁睁地看着她离开，内心纠结是免不了的，哪怕当初他和沈柔之间的爱慕没有直接挑明，但其中的关系两人心知肚明，他也曾无数次地隐隐给过她希望，只是他完全没有想到后来发生的事情，根本不受他控制。

满车的烟让视线都变得模糊，牧休言被呛得咳了好几口，却并没有开窗透气的打算。

或许牧青禾说得对，如果不是因为沈柔结婚，他断然不会同时春讲出那些话来，也不会决定坦然面对和时春之间的关系。

他觉得自己就是个浑蛋，一个彻头彻尾的浑蛋，不管是对沈柔，还是对时春。

回到学校的时候已经是中午过后，今天时春的课挺多，倒是没有发现他一个上午都没有在学校，直到将车内的烟味散得差不多，他才下车朝办公室走去。

04

时春过来得有些晚，牧休言已经讲完课，又在办公室里待了好一会儿，才接到时春打来的电话，告诉他已经在楼下了。

今天的她好像遇见了什么高兴事，虽然什么都没有说，但是牧休言一眼就看了出来。

"怎么了？"牧休言看似无意地问。

时春倒也没打算隐瞒，眼睛弯弯的，都乐成了一条缝："上次比赛的结果出来了,我是一等奖。"

"这事你不是应该一早就知道吗?"

"啊?!"时春讶然。

牧休言笑着摸了摸时春的头:"因为你的设计很优秀,不想拿一等奖都难。"

看似无意的动作,让时春脸一红,反应过来的她,不可置信地看着牧休言,自己这是被夸奖了?牧休言的嘴里能够说出这种话并不多见,至少在和他相处的半年多时间里,她是从来没有听过的。

"牧老师这是在夸奖我吗?"

大概意识到自己方才行为的不妥,牧休言只得轻咳一声,面色恢复如常,闷闷地应了一声,随即认真地开着车,不再说话。

时春也不打算继续逗他,顺便将下课后从班主任那儿听到的事情一并说明:"这个周末我要去千江市。"后面的话,她没有直接说出来,她想牧休言应该能够听得明白,毕竟很早之前他就说过,会亲眼看她站在领奖台上。

牧休言有一瞬间的迟疑,但很快便明白了时春的意思,点了点头:"嗯,到时候一起过去,顺便玩玩。"

时春甜甜一笑,全然讨好的样子:"谢谢牧老师。"

"称呼是怎么回事?"

"求人办事的时候,直呼姓名比不上阶级等级。"

牧休言被她逗笑,无奈地摇摇头:"看来这几天都在学人情世故。"

时春不介意地轻挑着眉,脸上写满了得意,看来一等奖这个消息果真让她很高兴。

牧休言内心也在引以为傲，除了上次高数成绩出来，他还没有见过时春这般喜悦过。

机票订的是周六一早的，本来是说周五就过去的，但是因为牧休言在下午还有一节课，晚上的飞机又担心太累，就干脆起早一点。

对于这个决定，时春倒是没有什么意见，反正颁奖是在周六的下午，时间上并不着急，先过去也不过是想去那边转转，看看有什么好玩的，她并不强求。

周五晚上，为了能够早起，时春早早收拾完毕躺在床上，只是牧休言却一直待在书房，好像很忙的样子，眼见着都快到晚上十点，也没有出来的迹象。

虽然从来不管牧休言的这些，只是担心他今晚熬到这个点，明天又早起，会很累，时春还是决定去喊一下。

轻轻的叩门声让牧休言整个人一怔，这还是时春第一次催他早点睡，这样看似亲密被人管着的感觉其实挺好，只是……

他看了看手上的手机，就在刚才，他接到一通电话，沈柔问他能不能陪着一块过去，说是担心弟弟冲撞别人，惹出事来。他没有问为什么是他而不是她丈夫，他想就当作是最后一次帮忙，总归要尽心尽力的。

时春轻手轻脚地进来，大概是怕吓着他。

瞧着时春既期待又欣喜的样子，想到另一边可能正在担忧焦虑的沈柔，他不知道自己应该怎么办才好。

对于他的情绪，时春向来敏感，不过片刻，便看出了牧休言的煎熬。

"怎么，是不是有什么突发事情？"见牧休言不知如何作答，她只得大胆猜测，"难不成是爷爷……"

"没有，爷爷很好。"牧休言有些急切地打断她，却又不知道应该怎么把接下来的话说出口。

"时春，明天我可能不能陪你过去，这边临时有些事要处理，如果快的话，我晚上再过去找你。"牧休言犹豫着，最终还是说了出来，因为他受不了时春为他担忧的眼神，他怕再拖下去，就真的说不出这样的话来了。

时春的眸光不过是有一瞬间的黯淡，很快便恢复过来，大概是不想让牧休言因为这个事情而内疚，遂故作轻松："没关系的，我结束后直接和林一一道回来也可以。"

牧休言张了张口，想上前安慰，虽知这样内心的愧疚感并不会减少，可他也不知道说什么好，他向来不会安慰人，如此做，反而会让时春装出一副更加不在乎的样子找理由来宽慰他，还不如就此打住。

如此，时春也就没有什么好说的，只是提醒了他早点睡，便转身回了房间。面对牧休言的忽然食言，她并没往深处想。

05

次日一早，时春早早起来，牧休言昨晚并没有回卧室，看来是在书房忙事情忙到很晚。离开前她轻轻叩了叩门，让牧休言回房间睡，听到里面答应之后，才离开。

牧休言在时春离开后不久便从书房出来，面容憔悴，一看就是一夜未睡，像是故意在惩罚自己。

牧休言简单地收拾了一下，洗了把脸，便端坐在餐厅，这个时候时春应该在赶往机场的路上。一个人，并不是什么大事，可他的心就像是跟着时春一块飞走似的，牵挂着她。

这个姿势一直保持到沈柔的电话打来。

"休言，时间是下午一点，我们要不要早点出来一块吃个中饭？"沈柔软绵绵的声音从那边传过来。

牧休言迟疑了一下，最终还是点头答应，既然已经同意帮沈柔，就应该帮到底，不管出于什么，到底还是朋友，至于时春那边，先暂时放下吧。

林一比时春早过去，一接到时春的电话，欣喜的同时嘴里却还是不满地讽刺："怎么，牧老师居然没有陪你一块过来，不会是和哪个美女约会去了吧？"

自从上次画室的事情之后，两人就没有再联系过，最近几次见面也全是因为上课或者被老师一起叫到办公室，要不是一出机场整个人就茫然到不知道怎么走，她断然不会找林一来受这份罪。

听说林一这次的成绩也不错，二等奖。

与她比是差了点，但是对于一个大二的学生来说能够取得这个成绩，着实有些实力。

颁奖安排在下午，从机场过去时间上刚刚好，不至于在会场等上很久，结束后还可以好好吃一顿，看看千江的夜景，最后回酒店睡一觉，然后第二天再走，不至于太着急。

车祸发生得很意外，正好在颁奖结束，准备去吃饭的路上，当时时春和林一坐在一辆车上，另一辆车上还有设计院的几个老师。

时春正想着等下空下来就给牧休言打通电话，今天一整天都在忙，好不容易才闲下来。

在路口的时候，明明正常的转弯路口，忽然闯出一辆轿车，两车相撞，虽然都及时地刹住了车，但是高速冲撞的力量，车里的人免不了还是受了些伤。

整个事情发生得太过突然，根本来不及做过多的准备，时春只记得被人猛地拉入怀中，之后的事她就全然没了印象。

……

醒过来的时春头还是有些疼，护士告诉她只是轻微的脑震荡，倒不是什么大事，好好休息几天就会没事的。

对于卞和的到来，时春倒是没有多意外，毕竟出了这么大的事，在桑大遍布消息网的邵学长恐怕早就将事情告诉关薇了吧。

"谢谢。"时春接过他递来的热粥，小口小口地喝着，没有做任何的解释，她知道卞和并不需要那些。

本来还说看看千江的夜景，现在看来是没有可能的了。

"林一还好吧？"时春担忧地问。

"自己都这样了,还有精力管别人?"卞和一副恨铁不成钢的样子,却还是将知道的情况复述了一遍,"因为保护你,导致右手骨折,刚从手术室出来,由于麻醉的关系还在昏迷中,不过手术很成功,你可以放心了。"

时春这才舒了一口气,看着一旁的卞和,看似闲谈地问:"特意从桑中赶过来?"

"……"

"那你今晚会回去吗?"

卞和定定地看着她,过了半晌后,才不慌不忙地开口:"明天一块回去。"

"嗯。"时春没有再问下去,翻了个身将背对着卞和,他能够赶来,她心里是感激的,在这种时候,在她惊慌失措之后,可是她也知道,即便如此,她也回应不了什么。

因为……不能。

车祸发生的那一瞬间,她脑海中唯一闪过的人是牧休言,也许是这段时间养成的某种特定习惯,那一刻她真的就是这样认为,如果牧休言在就好了。

醒来后的第一通电话打给了牧休言,听到里面的关机提醒,即便知道牧休言可能有事在忙,可心里说不出的失落似滂沱大雨浇在她的心,她呆愣愣地坐在床头,直到卞和的到来。

她忽然意识到,牧休言已经不声不响地融入她的人生,会担忧、会心疼、会需要，甚至会在出事后第一个想到他。

这种发现，像是干涸土地涌现的一条暗河，在不为人知的地方，不声不响地奔流汇集，壮大扩散。

该欣喜吗？她不确定。

但是她知道，从此以后，卞和便只能是卞和，再无其他可能。

第八章 ///

是什么东西，在长久的岁月中开始
发酵、繁衍，直至势不可当。

01

林一的情况比较严重，需要在千江多留几天。时春倒是在第二天就顺利出院，临走时去看了眼林一，聊表谢意，顺便答应回桑中后一定好好报答他的救命恩情。

虽然不太情愿，但是林一还是面色不善地领了这份情。

刚到桑中，就接到关薇的电话，让她立刻过去见一面。出了这么大的事，时春并不打算躲着，何况关薇也不是想躲就躲得掉的。

果然，一到约定地点，就远远地看见等在那儿的邵南行和关薇，两人好像因为什么事情而在闹脾气，脸色好不到哪里去。

时春看了出来，同时不留情面地点破："邵学长这是犯了什么错，弄得我们关大美女脸黑成这样？"

"到底是因为他，还是因为你？出去一趟，倒是学会了颠倒黑白。"

关薇冷哼一声,狠狠地剜了时春一眼。

不等关薇教训,时春赶紧率先认错:"我保证,这次的事情绝对只是一个意外,何况是旁边的车子撞向我,车也不是我开的,我就是一个活生生的受害者。"

"还得意上了?"

"这不是等着你来安慰我吗?"时春撇着嘴,一脸委屈的样子,弄得关薇也不好继续责备下去。

虽然出了一场小车祸,但总归是去拿奖的,自然也该庆祝一下,关薇已经提前在饭店订好了位置。

一顿饭下来,中途除了闻讯打电话来慰问的戚卫礼,还顺便给时春安排了一些任务外,并没有别的事情发生。

饭后,几人各自分开,临走前,关薇忽然冒出一句:"你老公那边想好怎么交代了吗?"

知道关薇说的是车祸的事,不过她并不打算再说,到时候免不了要扯上下和,她并不希望和牧休言吵起来。

"你就不能让我休息一下,我现在想多了问题会头疼。"时春下意识地看了眼下和,委屈兮兮地说,随即快步离开。

她没有撒谎,虽然已经躺了一个晚上,但头还是有些晕乎乎的。

关薇无奈地叹了口气,瞪了一眼不愿陪她一块去千江的邵南行,却还是冲时春挥了挥手。

时春没有再和卞和同行，毕竟两人并不住在同一个方向，倒是没必要那么麻烦，何况牧休言已经打来电话说过来接她。

这个时节的桑中，天气已经渐渐转暖，虽然不至于到立马穿短袖短裙的地步，但披件外套出门倒是异常舒适，牧休言没有让时春等很久，很快便出现在了约定地点。

时春一上车连和牧休言客套几句的精力都没有，枕着座椅没一会儿就睡着了。

对于时春整整二十几个小时没有联系他，牧休言多少有些生气，但看她这副筋疲力尽的样子，也就不好再追问什么。

他昨天将沈柔那边的事情处理好，才从沈柔弟弟的口中隐约地听说沈柔已经和丈夫分居的事情，也想通了沈柔为什么会在这种情况下，来找他。

沈柔提出去吃点什么的时候，他没有拒绝，看着沈柔一杯杯地喝酒，也没有拦着，只是当有些醉意的沈柔终于说出她还喜欢他的时候，他免不了有些惊愕。

他们之间的这些情意彼此之间早就清楚，只是没有一个人戳破那层窗户纸，可如今戳破了，却已然不是当时的心境。

将沈柔送回去后，他一路开着窗户，任由深夜凉凉的风拍打在脸上，在楼下抽完了仅剩的几根烟，他忽然想知道时春现在在做什么。

才想起时春已经有一整天都没有和他联系，拿出手机，才发现手机不知在什么时候已经关机，等回去充好电，才发现除了仅有的一通未接来电，再无其他。

他不清楚自己为什么会突然有些焦躁，一直折腾到后半夜都没有睡着，本打算见到她的时候好好问一下，可如今看她这样，却又不忍心了。

时春电话响起的时候，牧休言拿过来下意识地接起来："她现在在休息，有什么事等会儿再联系她吧。"说话间尽量降低音量，观察着时春的变化。

"嗯，那你让她好好休息吧，也该是累了。"

对方没有等牧休言发问就直接挂了电话，牧休言看着手机上显示的几条通话记录，前几条全是同一个号码，虽然没有备注，不过刚才的声音已经足够他判断是谁。

看了看还在睡着的时春，没有联系他是因为陪着另一个人？牧休言敛了敛眸，最终什么都没问，将手机放回了原处。

02

就当是她拿了大奖摆摆架子吧，总之时春这两天并不想去学校，虽然只是一个小车祸，也没出多大的事，但头总归还是有些晕乎乎的，又担心牧休言看出来，还不如直接装懒。

何况，这种时候请假，学校并不会多说什么。

对于这些，牧休言向来不会主动去问，就连去千江的事情，他都没有问上半句，而且也不知他是为了什么，时春总觉得他好像一个人在生闷气，她主动问起，他却又什么都不说。

中午，时春叫了外卖，正准备吃的时候，牧休言忽然从外面回来，看上去有些匆忙，连衬衫领子乱了也没有注意到。

时春仔细想了想，没有记错的话，牧休言今天下午应该还有一节课，不可能在中午特意回来，除非……

"怎么突然回来了？"虽然已经怀疑，但她也并不想主动提起。

牧休言盯着她看了好一会儿，像是在核实什么，过了好一会儿，才慢悠悠地开口："宿时春，我们俩到底算是什么关系？"

她不明白牧休言为什么会突然这么问，却还是老实地回答。

"领过证的……夫妻。"

"只是领过证？"牧休言眉心微皱在一起，面色一沉，"就算只是领过证的夫妻，你在千江出了那么大的事，我也不需要从别的老师那里听说吧！"

设计院学生在领完奖回来的路上出车祸这样的事情，不到一天就在老师之间传开了，自然而然也不会避开牧休言。

时春本来强装镇定的脸色一惊，她没有想到那件事会让牧休言有这么大的怒气，差点连脸都变得狰狞起来，要不是看她身体虚弱，她真觉得他可能会随时动手。

"我打过电话给你的，是你没有接。"她略带委屈地解释。

"那你就不会继续打，打到我接为止，回来这么久，就不能跟我提一句？"

"我……"

"还是说，因为有别的人在，你根本就不需要我，也就没必要跟我说起这些。"

还未等时春斟酌完该怎么说,牧休言已经打断了她。

什么?!时春错愕地看着牧休言,这么明显,话里的意思已经用不着明明白白地说出来,她没有想到牧休言连这个都知道,并且如她料想般地误会了。

知道现在怎么解释都是苍白的,可时春一下也不知道应该怎么和牧休言说这些,说到底,她始终没办法做到全然信任牧休言,在她眼里,他是不确定的。

虽是如此,但在这种情况下,不说什么也说不过去,时春解释:"他只是从关薇那儿听说,才……"

"宿时春,以为你不说我就看不出来吗?你其实从来都不愿意承认我们这段婚姻,哪怕是我强行公开了,你也不过是出于长辈的原因而没有追究。睡在一张床上,你总是缩在最边上,我不给你压力,可你呢,疏远得好像随时都可以拎着东西从这个家里离开。"

"这些事情……"

"我下午还有课。"

看着他甩上房门离开,时春只是呆愣愣地站在那儿,半天再没有别的动作。

是的,她确实有随时收拾东西离开的觉悟。这段婚姻里,有太多的不确定,任何一条都可以让他们之间的协议关系彻底瓦解,她必须收紧羽翼,至少保证能够全身而退。

离开后的牧休言一路开车回了学校，下午还有一节课，他断然不会为了这些事情而影响工作，哪怕他现在的心情确实糟糕透了。

听隔壁办公室老师说起的时候，他担忧、心疼、后怕，不是害怕爷爷的压力，而是出于本能。

她在他看不到的地方出了意外，可他居然什么都不知道，这次只是一个小车祸，那万一换作别的呢，他想都不敢想。

伴随着担忧而来的还有愤怒，他什么都不知道，而那个不过是朋友的卞和，不仅知道，甚至可能照顾了她一个晚上，带着她一起回来，可他居然还像个白痴一样替她回了电话。

这样的揣测让他胸口隐隐有些闷，像是被什么揪在了一团，扯得四处都疼得慌。

他气愤得快要疯掉，一整节课，底下的学生连大气都不敢喘一下。下课后，他马不停蹄地去找她，明明知道已成事实，他还是抱有侥幸地希望她说出的事实不是他想的那样。

只是他忘记了，时春根本不会撒谎。

牧休言烦躁地将点燃烟的打火机往车座上一扔，车门被他摔得震天响。他也不知道为什么会忽然这么火大，是因为先前就知道了他们私下联系，觉得遭遇背叛，又或者仅仅只是嫉妒，嫉妒时春难受的时候找的是卞和，就连出了这么大的事情找的还是卞和。

是什么东西，在长久的岁月中开始发酵，开始繁衍，开始势不可当，那份在意，透过时间的长河，刻在了意识里，会因为一点点小事而生气，会因为她的忽视而失落，会开始嫉妒她挂念的人。

03

时春喜欢这个时候的桑中，不冷不热，无论做什么事情，都可以用尽全力。

只是，这一晚的台风来得猝不及防，虽然早前的天气预报已经说过，但总归是提前了。

晚上十点多，天空阴雷阵阵，闪电像是会把天空炸开条缝似的，豆大的雨拍打着房间的窗户，啪啪作响。

那天牧休言吵完之后，虽然后来他又主动道歉，但两人还是僵持着。这两天，虽然还是会一起上下课，会坐在同一张桌上吃饭，却没有一个人再主动开口。

这样的晚上，不管怎么睡应该都不会太安生，好不容易睡着的时春，被一阵刺耳的手机铃声惊醒，想也没想地接起电话。

"时春，我想你了。"卞和的声音透过听筒传进时春的耳朵，让她心里一怔。她和卞和通话的次数并不多，最近那次还是除夕那晚，她从不打过去，而卞和也并不会打来，这样大半夜喝醉打来找她说这些的，更是没有过。

"你喝醉了。"时春略过卞和的那句话。

"我想你，想你了……"卞和好像真的喝醉了，锲而不舍地重复着这句话，仿佛听不到时春在说什么。

听着电话里卞和一遍遍地重复着那句话，时春心里泛起一层似有若无的忧愁，这句迟来的我想你，已然不是当初的那份心动。

"嗯，我也是。"不知道听卞和重复了多少遍之后，时春终于接了这句话。

没错，她是有想过他，在每一次觉得自己撑不下去的时候，在每一次欣喜之时，她都想找个人分享这些，可那时他在遥远的异国他乡，他们之间隔着千山万水，足够把那些情绪冲淡。

怎么会不想他呢？

他是会在她遇到任何事情都站在她身后的人，会保护她、爱护她、关心她，同时尊重她。就在前不久她出车祸之时，还赶到千江照顾了她一个晚上。

说完这句话的时春便挂了电话，她知道卞和醉了，也知道自己那句话卞和不一定会记得，不过不重要，因为这不过是再平常不过的一次通话而已。

外面的雷声还在继续，时春苦笑着，如果不是卞和喝醉，他们又怎么可能在这种情况下聊这么久。

从刚才接到电话的那一刻，她就离开了房间，大概是本能地想避开牧休言，毕竟两人还在因为卞和僵持着，虽然做好了随时拎包走人的打算，但不代表非要火上浇油。

轻手轻脚地回到房间，她还特意留意了一下牧休言有没有被吵醒，才小心翼翼地在一旁躺下。

究竟是因为外面的雷声太大,又或者是因为卞和那通电话打得太过奇怪,总之随后很长的一段时间,时春翻来覆去却怎么也睡不着,好不容易睡下还被噩梦惊醒,猛地坐起来,还惊动了旁边的牧休言。

不等时春说什么,一旁的手机又响了起来,她盯着屏幕看了好一会儿,才接起来,听着电话里的人略显焦急的声音。

"时春,是这样的,卞和他……吞安眠药,现在正在医院洗胃……"

"什么?"时春心里一凉,"你再说一遍?"

戚卫礼没想到时春会有这么大的反应,只得出言安慰:"你先不要着急,已经在抢救中,我发现得还算及时,应该不会有什么生命危险,只是觉得这件事你应该知道一下。"

"地点,告诉我地点。"时春急切地追问。

"桑中市第一人民医院。"

这样慌张的时春并不多见,除却当时听说爷爷病发,牧休言就没有再见过她这样。忽视了身边还有一个他,忘记了外面电闪雷鸣还在下雨,她匆忙地随便套了件外套,甚至连身上的睡衣都忘了换。

"你去哪儿?"眼见着时春就要一个人出门,牧休言终于开口问道。

"卞和现在在医院,我得过去一趟。"时春急切地说,不等他再说话,人已经离开了房间,冲向玄关处。

又是卞和。

牧休言眸光一沉,却还是快步跟上,挡在她面前:"我送你过去。"

嗯？时春疑惑地回过头，她没有记错的话，两人前几天还因为卞和而吵过一架，如果不是因为刚刚太紧张，她大概不会提起，她不想为了这些再和牧休言争吵。

"外面在下雨，又是大半夜，换身衣服，我送你过去。"牧休言看着她的眼神坚决而笃定。

她这才反应过来，这个时间很难打到车，听说卞和自杀的那一刻，她整个脑子一片混乱，只想着快点过去，忘记了现在是大半夜，忘了外面还在下雨。

"谢谢。"时春看了看自己的衣服，窘迫地抿着唇，转身回去换衣服。

车上，时春纠结半天，还是主动解释了："戚总说卞和吞了好多安眠药，正在医院洗胃。"

"嗯。"

"他在这边只认识我们几个。"

"哦。"

知道牧休言还在生气，时春也就没有继续说，将头转向一边，看着如注的雨水划过车窗，虽然心里焦急，却也不好开口让牧休言快一点。

到医院后，不等牧休言一起，时春就率先冲进了医院大楼，问到卞和的情况之后，片刻不停地赶了过去。

等牧休言停好车，再找过去时，时春已经坐在卞和床前，看着卞和的眼神忧愁而自责，即便什么都不说，其中的深意连站在门外的他都能体会。

在门外站了好一会儿,终是转身离开,他,并没有进去的必要。

04

时春回来,已经是第二天的中午,看了看在书房的牧休言,犹豫着想说些什么,最后却只是轻手轻脚地走进房间。

卞和已经醒了,不知道是不是吃了太多安眠药,还是一下没有恢复过来,除了记得时春之外,对别的人都印象模糊。

昨天的情况时春已经大致了解,由于台风,戚卫礼就打算过去看看卞和的情况。对于卞和的病情,他是唯一知情的一个,也受卞和之托没有告诉任何人。只是他过去的时候,敲了半天不见卞和出来,最后用备用钥匙打开后,发现卞和躺在地上,地上散乱地丢着几个空酒瓶以及没吃完的安眠药。

戚卫礼赶紧给医院打了电话,最终将卞和送到医院,一直等卞和顺利进入手术室,才给她打了个电话。

他们所有人都被卞和骗了过去,他告诉她是因为喜欢国内的气候,所以才回来的,其实却是因为抑郁症,才从国外回来调养身体。

她早应该看出来的,在他第一次喝醉的时候,在关薇提醒过之后,在他这段时间略显憔悴的脸上,他们还相处过一个晚上,可她居然什么都没有看出来。

昨天晚上的那通电话,她居然天真地以为卞和只是喝醉了,不曾想到那个时候他就已经做好了自杀的准备。

关薇的话似乎还在耳边萦绕,卞和这样,就算和她毫无关系,可既然他只记得了她,那她就没有理由在这个时候放任不管。

今天一早,关薇得知消息后,急匆匆地跑到医院,看了一眼还在睡觉的卞和,就将她叫出了病房。

清晨带着湿气的薄雾充斥着楼下的整个草坪,雨在破晓之前便停了下来,就算这样,草坪还是湿漉漉的可以拧出水来。

一夜未睡的时春眼睛熬得红通通的,不过现在关薇已经顾不上这些,卞和的事情足够让她失去理智。

"宿时春,你告诉我这到底是怎么回事?卞和明明好好的,怎么会忽然发生这种事?"因为消息来得突然,关薇语气里更多的是震惊与不愿相信。

这些她也想问清楚,明明从国外回来的时候,还是如沐春风般温暖的一个人,怎么会忽然就有了抑郁症,甚至严重到了自杀的地步?

"对不起。"时春埋着头,因为熬夜嗓音变得沙哑,说出来的那一刻,喉管都似在生生地疼。

对不起,没有早些发现卞和的异常;对不起,她一直沉浸在和牧休言的事情中,而没有在意先前关薇的提醒;对不起,在明知卞和喝醉,却为了不引起牧休言误会,在他可能需要的时候,主动挂断电话。

这些都是她的原因,明明知道卞和在这边只有为数不多的几个朋友,却自私地为了自己,而将他拒之门外,应该常联系,这样或许就能发现他的异常。

坐在病床前的一个晚上,时春脑子闪过与卞和相处的点点滴滴,在她因为父亲离开,性格变得沉闷而谨慎时,他意外出现,身披阳光主动伸出手说要和她做朋友。

此后,不管她问任何问题,都会倾力相助,在她考差后鼓励安慰,细心地教她解题,见不得她受委屈,见不得她被欺负。他就像是三月的春风,温暖了缺失父爱的她很长一段时间。

"现在说对不起有什么用,卞和已经这样了。我提醒过你的,你也答应我会去在意,可你呢,整个沉浸在牧休言的世界里,得意得完全不记得还有卞和这个人。"关薇布满血丝的眼里满是怨恨,"卞和就不该喜欢上你。"

时春垂眸,不知道该怎么回应。关薇会说出这样的话,她完全能够理解,关薇藏在深处从不说出口的、以为无人知晓的感情,足够让她这么对她。

她只能说着对不起,除了这句,其他听上去都像是借口。

一直到关薇将所有想说的一股脑儿地全说完,时春才走过去,缓缓抱住已经蹲在地上痛哭的关薇。

喜欢都是隐瞒不了的,就像她在不知不觉中喜欢上牧休言,就像牧休言喜欢沈柔,就像邵南行喜欢关薇,又像关薇喜欢卞和。

这些若是真心想要知道,其实不难发现。

大概也意识到了自己的失态,又或者是因为看见邵南行站在不远处看向这边,发泄过后的关薇缓缓地从时春怀里挣脱开来,红着眼咬咬唇:

"卞和这边，我也会过来照顾的。"

时春微微点了点头，看着关薇走向住院部的身影，良久没有动作。

05

牧休言不知道什么时候已经从书房回到了卧室，本来呆坐在飘窗上的时春发现后，立即从飘窗上站起来，看着他，欲言又止。

"我知道你想说什么。"大概是不想从她嘴里听到那些话，所以牧休言率先开口，"我要是不允许呢？"

时春眉头微皱，惊讶牧休言居然会说出这样的话来。

看她的表情，牧休言嘲讽似的轻哼一声："我知道了。"

他知道了？知道什么了？还是说，他真的相信她和卞和之间有了什么，才说出这样的话。

"我……"时春挣扎着，最终还是放弃，"哦。"

她已经没有精力再去管那么多，卞和现在只记得她，不管怎么样，她都必须去。

于静姝找她，是在家养了将近两个星期伤的林一，重新回到学校的当天。

上完课准备走的时春，刚出教室就被于静姝拦住，二话没说直接将她拖走。

知道于静姝正在为学期后的实习忙碌，看着她递过来的红枣夹核桃，时春还是忍不住调侃："你不觉得这个送得有些晚了吗？"

"你以为我很闲吗？要不是林一回校，我都还不知道。"说着，她伸手摸了摸时春的头，"这颗聪明的脑袋要是出点什么事可怎么办哦？"

"那你就不要随便乱动，赔不起。"时春拍下放在头上的手，接过包装袋撕开直接吃了起来。

于静姝不满地努了努嘴，随即想起自己不单单是为了这个才来的："当时牧老师没有陪你一块去吗？"

虽然不理解她为什么忽然这么问，时春还是老实地回答："原来是这么打算的，不过后来临时有点事就没有过去。"发现于静姝表情变得有些凝重，她忽然有些不安，"怎么了？"

"我这样问可能有些不合适。"于静姝神情纠结着，"你和牧老师最近还好吗？"

时春眉心一紧："你要说什么？"

"你要做好心理准备。"于静姝这么较真的样子时春还是难得见到，只得配合地点了点头。

于静姝深吸了好几口气，似是在下决心："其实那天我看见牧老师和一个女人在一起，两人在吃饭，好像很聊得来。"

时春本来往嘴里塞东西的动作一顿，眼前突然闪过沈柔的样子，想起牧休言那天晚上的欲言又止，还有在办公室忽然紧张的电话，一切好像联系在了一起。

所以当时是因为和沈柔在一起，手机才关机？

"时春，你没事吧？"于静姝担忧地看着时春，"我也就是这么一说，你知道我这人就喜欢看图说话，我保证牧老师什么越矩的动作都没做。"

时春勉强一笑:"我就是忽然想起点事,有点头疼,我先回去了。"说着,不等于静姝跟上来,快步离开。

大概也意识到自己可能闯祸了,于静姝只得怯怯地看着,不敢再多说一个字。

时春去了一趟医院,医生说,也许是因为卞和执念太深,才会只记得她。

她并不认为这是什么好事,或许什么都不记得,对他的病更好。

卞和什么时候患有抑郁症,又是什么时候开始需要药物治疗,这些现在已经都不重要了,她必须守着卞和,直到他的病情有所好转。

这段时间,她基本上就是医院、学校、家三处跑,戚卫礼偶尔会过来,关薇最开始也会天天过来,后来大概是顾虑到邵南行,次数才变少。

想到自己和牧休言都会因为这种事吵架,虽然邵南行宠着关薇,嘴上肯定不会说什么,但心里多少还是有些想法,关薇这么做,时春能够理解。

说起牧休言,她忽然意识到,他曾说过的那些看似承诺的话,告诉她的那些关于未来的准备,真的是他心甘情愿说出来的吗,或者仅仅只是迫于无奈?

他告诉她可以试着重新开始,一起努力尝试改变这段婚姻……然而,那些话究竟是牧休言真这么想,还是连他也不过是在麻痹自己?

哪怕一早就知道这段婚姻不过是受着牧爷爷的压力,可当她知道自己惊慌失措瑟瑟发抖躺在病床上,可他却和沈柔在一起轻言细语温情脉脉时，心里还是有说不清的酸楚。

真的可以等到一朵未知的花吗，那要是那朵花本来就不存在呢？

"你有心事。"卞和躺在病床上，这两天已经能够喝一些流质食物了，精神看上去也好上很多，即便印象模糊，却还是能够一眼就看出时春的情绪。

失神的时春猛地抬起头，惊讶地看着他，才发觉自己有些激动，勉强一笑算是掩饰："没有，就是等下可能要回家一趟。"

"嗯。"卞和没有问她在桑中怎么会有家，时春也并不打算现在告诉他。

除了模糊地知道她是谁，知道自己回了国内，再详细一些的事情，卞和全忘记了，就连戚卫礼都还是自我介绍了老半天，他才接受的。

06

牧休言看着在沙发静静沉睡的时春，心里有种说不出的滋味，虽然嫉妒她对卞和那么好，却又并不想因为他吵起来。自从上次吵架之后，直到现在，他们都还没有再好好交流过。

担心她这样睡着会着凉，牧休言在房间找了一条薄毯子，刚准备给她盖好，她就已经醒了过来，见是他，赶紧起身坐直。

四目相对，两人就这样什么都不做地对视了将近半分钟，时春最终忍不住打破僵局："我是不是从来没有说过对这段婚姻的看法？"

牧休言没有开口接话，他知道时春后面还有话要说。

果然，他判断得一点没错。

"牧休言，这段时间你是不是已经很累了？"时春眼神定定地看着牧休言，"明明不喜欢，却还是不得不接受，明明心里不是这么想的，却又必须要这么做。"

面对她坦然的脸，牧休言心里泛起一阵不安，连嗓音都不自觉地沉了下去："宿时春，你在说什么？"

"离婚吧。"发觉存在危险的时春，必须要在还有能力的时候率先离开，否则当她真的爱上他，她怕和牧休言之间的浮冰一化，到时候就只有坠入刺骨潮水的份儿。

"我们可以先离婚，再试着分居，慢慢和爷爷解释，就说我没办法爱上你，爷爷不会为难我的。"时春低着头说。

这次换牧休言震惊了，他不相信向来顺从的时春居然能够说出这些话来，竟然半天想不到应该说什么。

"那我呢？"

"不是已经努力过了吗？尝试着像普通夫妻一样生活，可是很困难不是吗？处处谨慎，时时刻刻需要去揣测对方的心思，最后却只是让自己更难受。你问我为什么没有告诉你在千江受伤的事，你以为我不想？我也想像个普通的妻子，可以在自己丈夫面前尽情地耍脾气，可以什么都不管不顾，可是我发现不能。而你强压着对沈柔的感情，用大量的工作来麻痹自己，刻意地对我好，刻意地让我们看上去正常点，都很累了不是吗？"

听着时春像是背诵课文一样流利地说出这么一长串的理由，牧休言捏着手里的毯子，有些无所适从。

他没想到这些时春居然全都看了出来，却一直强压着没有说。大半年前，他回来，确实已经做好了心死的准备，因为他做不到反抗爷爷。

说出那些话的自己到底有几分真意，连他自己都有些分不清。所以，在母亲问他是不是真的喜欢时春的时候，他心里或许又有几分动荡，无人知晓。

只是在她说出离婚的那一刻，他才意识到，不该是这样的，一种被丢弃的挫败感从心底升起，却又找不到合适的理由。

"所以，我们离婚吧。"

不等他说话，时春已经站起来。她脸上坚决的神情让他心里一怔，像是被针扎了一下，伤口不大，却扯得周身酸酸地疼。

"这样，你也就没必要刻意避开沈柔，没必要在我面前撒谎。"

这一晚，牧休言将自己关在书房，一夜未睡。

自下和自杀以来，他就眼睁睁地看着她照顾别人，尽心尽力，他却只能在一旁，不能阻拦，不能生气。

她回家的次数寥寥可数，在家停留的时间更是少到可怜，上次一起回牧家似乎已经是半个多月前，爷爷已经为此问过好几次，他只能说她有事在忙。

前几天，沈柔打来电话，说正好在桑大附近，问他有没有空一起吃顿饭，他拒绝了。他并不认为听她说完那些话后，两人还有联系的必要。

时春临走时的那几句话，足够他洞察到些什么。

· 179 ·

他明明瞒得很好的，决定此后再不会发生的，为什么偏偏在这个时候让她知道了？

牧青禾说过让他早点想清楚，不是已经很明显了吗？为什么偏偏还是出了错？

第九章 ///

> 时春，浮冰化了，也许会是春暖花开也不一定。

01

办理离婚是在紧接着的周一，牧休言没有像普通丈夫一样挽留，他知道时春并不需要这些，何况她能够说出来，必然是已经深思熟虑，他再多说恐怕也不会有什么改变。

时春轴起来，没有人能够驯服。

为了不给彼此造成困扰，牧休言再次搬出了卧室，两人似乎又回归到了最初的状态。

不，有一点改变，他们已经不是夫妻。

时春拿到离婚证的时候，忽然有些恍惚，在刚满二十岁的她早早结婚，毫无预兆，现在，当上面那个字从结变成离的时候，除了忽然松懈，竟然还有些失落。

明明早在一开始就知道会有这么一天，却在真正到来的时候，还是会隐隐有些难受。

卞和顺利出院是在他俩离婚的一个星期后,关薇率先知道时春离婚,虽然什么都没有问,但也知道时春心里其实并不轻松。

为了安抚时春,大家借着庆祝卞和出院的由头聚会了,地点定在了卞和的家里。

在厨房只剩下时春之后,关薇才犹豫着开口:"你和牧休言真的离婚了?"

"你知道我从来不拿这种事情开玩笑的。"时春一边择着菜,一边回答,看上去好像很平静。

"为了什么?"关薇有些不理解,如果要离婚,两人根本不需要拖到现在,在这种时候离婚,究竟是为了什么?若说是因为卞和也说不过去,时春现在对他的态度,就像是个尽心尽力的妹妹,再无其他。

时春温婉一笑:"你就当我是为了自己吧。"

是的,为了自己所以不能再有任何犹豫,先前的顺从,不过是觉得这段婚姻不会长久,所以什么都无所谓,而现在,她想要从浮冰搬到大地上,那么率先要做的,就是离开浮冰。

关薇没有再问下去,这句话已经足够让她知道时春心里到底是怎么想的了。

牧家的电话在周五的中午直接打到了牧休言的手机上,电话里大伯母焦急的声音让两人直接回家,虽然听清了话里的意思,可牧休言并没有带上时春。

既然已经离婚,就没有必要再麻烦她。

虽然在接到电话后多少做了些心理准备,可这么盛怒的爷爷,牧休言还是头一次看到。在看见他的那一刻,牧爷爷一句话都不说,手里的拐杖就直接打在了他的小腿上。

不明所以的大伯见状,本能地过去拦,被牧爷爷一个眼神给瞪了回去:"给我去书房跪着。"

虽然大家都不知道牧休言因为什么而惹恼了爷爷,却也知道这种时候,多说什么都只会让他的火更大。

牧爷爷的书房不是小辈们可以随便进去的,被喊进去的唯一可能就是犯了错。在此之前,牧休言只进去过一次,就是当初不愿意和时春结婚时,在里面跪了整整一个晚上。

"看看你都做了什么混账事!"拐杖敲击着书房的木质地板,散落在地上的白纸黑字,是在离婚当天早上他才签上字的离婚协议样稿。

原来今天一早,牧爷爷本来想趁着身体好些,去茶馆和一些老友下几盘棋,结果无意间得知牧休言和时春离婚的事,他怎么能不生气?

牧休言深埋着头,纸划在脸上带来些许的疼,他却像是什么都感觉不到似的,一句话也不说,默认着这一切。

"时春呢?"牧爷爷问。

牧休言不情愿地说:"在学校,她下午还有课。"

"现在给我带回来!"

· 183 ·

"爷爷……"牧休言神情担忧。虽说爷爷向来宠时春,可他并不保证在这种事情的冲击下,爷爷还能如此,他不想把时春牵扯进来。

"我让你把她给我带回来。"地板像是要被牧爷爷敲穿似的,他一字一顿地说着,语气里也多了几分严厉。

明知道爷爷已经动怒,牧休言却连头都不曾抬一下,更别说多余的动作,他并不想让时春知道这些,至少不是现在知道,他害怕时春真的从那间房子搬出去,就不可能再搬回来了。

"好,你不去,那我亲自叫她回来,我倒要问问,你到底背着我做了些什么事!"

眼见着牧爷爷就要往书房外走去,牧休言终于忍不住开口:"爷爷!"他神情无奈地顿了顿,"您真的觉得用这样的方式来还人情,是对宿家的补偿?或许这一切在一开始就已经对时春造成困扰了呢,或许她根本就不需要所谓的恩情,或许……她根本就不想嫁给我。"

牧爷爷握着拐杖的手因为生气而剧烈地抖动着,只听"啪"的一声,拐杖已经敲在了牧休言的后背上:"到底是你对不起她,还是她不愿意嫁,别以为我不知道你心里还念着那个沈柔!"

"您一生都没有下错过命令,但是爷爷,感情的事,不是一个命令就能解决的。时春不过是念在牧家的好没有拒绝,可是你有没有想过,或许在你下这样的命令之前,时春心里已经有了喜欢的人呢?"

牧休言生平第一次在牧爷爷面前说这么多话,他早就该想到的,他当初不愿意娶时春,难道时春又是真的愿意嫁给自己吗?可他居然还在她面前说出尝试这样的词语,居然让她在那种情况下接受自己。

02

牧父牧母闻讯赶到的时候，生气的牧爷爷用拐杖打完牧休言，让他跪在书房，路上也听说了缘由，知道这件事是两人做得不对，自然也不会在这种时候偏袒。

从书房出来，牧爷爷便直接回了自己房间，这种时候，大家自然也不敢往枪口上撞。

牧母疑惑地问留在家里的大嫂："大嫂，爸这样……怎么看上去不对劲啊？"

"这不被休言说了当初让时春和他结婚的事，爸恐怕去反省去了。"

虽然对于这段婚姻他们没说什么，可到底也觉得牧爷爷的做法有些老派。

话已至此，牧母也没有继续问下去，时春那边，她恐怕还要出面一趟，总不至于真的看着他们俩就这么分开吧，说到底，她还是挺喜欢时春的。

当天晚上，时春就接到牧爷爷忽然发病去医院的电话。

电话是牧母打过来的，并没有说明已经知道他们离婚的事。时春匆忙地赶过去，原以为这样就不可避免地要撞见牧休言，结果却发现牧休言根本不在。

时春不过点着头和大家打完招呼，就站在一旁没有再说话，她现在并不适合再用以前的称呼，但是换个称呼，大家肯定马上就知道了缘由。

大家心里都清楚，却也知道不能怪她。

这样的情况一直持续到手术室的灯熄掉，医生从里面出来说了一下大致的情况，牧母才终于开口："时春，愿意同妈聊一聊吗？"依旧是温柔的，却让时春有一种不安的错觉。

"嗯。"时春微微点了点头，她没有拒绝的理由。

跟着牧母到了医院楼下，牧爷爷为什么忽然发病、牧休言为什么没有赶来，这些时春都没办法开口问，而牧母为什么叫她过来，她更是疑惑。

"时春。"一直到一处比较空旷的地方，牧母这才停下脚步，"我知道你不是冲动的孩子，可是这次为什么连和我们不通声气就做了这样的决定？"

时春心里一怔，不安地问："您……在说什么？"

"为什么不和我们说一声，就直接和休言把婚给离了？"

"你们……已经知道了？！"时春脸上写满错愕，她没想到会这么快的，倒不是因为有所不舍，而是现在牧爷爷的身体刚恢复，牧爷爷？她忽然明白过来，"爷爷这样，是因为知道这件事？"

牧母脸上的表情足够回答她这个问题，何况，还有病房的牧爷爷做证据。时春羞愧地轻抿着唇，她没想到事情会变成这样。

"我……"时春纠结着，最终却什么也说不出来。

牧母倒也没有怪罪她，却是似挽留地问："真的没办法喜欢休言吗？"

不是没有办法喜欢，而是不敢去喜欢。牧休言和沈柔的事，几个月前，她毫不在意，现在她已经介意，她怕到以后那颗心到了收不回来时，那就只剩下了自怨自艾。

"一开始就错了,现在我们这样,也不过是回到了最初的状态。"时春说。

如此,牧母又还能说什么呢,只得略带惋惜地感叹:"这样也好,不过,你们真的回到最初了吗?时春,你应该比妈这个局外人要清楚。"

时春勉强一笑,本能地想纠正牧母话里的错误,最终却作罢,她想告诉牧母,她们已经不是婆媳关系了。

03

牧休言跪在书房,他知道书房外的世界早就已经混乱得不成样子,也听到母亲把电话打到了时春那儿。

牧爷爷说过让他跪一晚,不到第二天早上,是没有人会让他起来的,腿像是被针扎一样麻麻的,背上的伤也隐隐地疼着,不过他没心思管这些,只是给牧青禾打了个电话。

"回来一趟。"牧休言命令似的说。

刚从外面训练回来的牧青禾,还没来得及喘上一口气,就接到通知说家里打来电话,结果一接通,就听见牧休言给自己下命令。

"什么时候在家里,我还要听你训话了?"

牧休言没有心思和她啰唆那么多。

"我和时春离婚了。"他相信,就凭这一句话,足够牧青禾什么都不管地从部队回来,这就够了。

果然,那边只是爆了句粗口,紧接着就听见电话迅速挂断的声音,之后的事情,不用想,牧休言也能猜到,牧青禾现在应该已经在马不停蹄地赶回桑中的路上。

三个小时后,来自军区的直升机在桑中机场降落,紧跟的警卫员担忧地问牧青禾:"教导员,到底是什么事情,连报告都不打就从军区赶回来?"

"打人。"牧青禾烦躁地瞪了他一眼,"你回去帮我把检讨写好,就说是爷爷忽然生病,我着急赶回来。"路上她已经听说了全部的情况。

"既然是牧司令生病,那就不用写检讨。"

"叫你写你就写。"牧青禾郁闷地撇了撇嘴,抬脚上了警卫员提前准备好的车,准备直接从机场离开,她不满地念叨,"规矩就是规矩,不然等爷爷醒了跪书房的可就是我了。

警卫员刚被分过来,哪里想到会被直接丢在机场,眼见着车子启动,眼疾手快地追过去,却还是没有追上,只能委屈地抱怨:"求着我写检讨,也不知道摆正一下态度。"

书房的门被牧青禾用脚踹开,看了眼跪在地上的牧休言,二话没说,直接一脚踢在他的大腿上。

"牧休言,我说过的,不要随便让我们家小美女受委屈。"

她那一脚并不轻,牧休言跪得本就麻了的脚虽然感觉不到疼,却因为那一脚整个人倒在了地上,虽然已经料到牧青禾不会给自己好颜色,却没想到她会动真格。

"她说要离婚,我能不答应?"

牧青禾又怎么会在乎这些细节，何况在来的路上，她就已经让新来的警卫员查了整个事情的经过。

"让你想清楚要时春还是沈柔，说到底，还是你的错。"牧青禾居高临下地看着牧休言，毫不怜惜他已经跪了那么久，直接一把将他拎起来，"出去，我在院里等你。"

李叔从医院回来拿东西，一进院门就看见坐在地上的两个人，牧青禾好像刚从部队回来的样子，只是身上那身军装跟刚去训练似的，满身泥土。至于牧休言鼻青脸肿的，嘴角还残留着少量的血，一看就知道伤得不轻。

俩姐弟向来关系不错，这又是为了什么事情闹成这样？李叔赶紧过去看牧休言的伤势，要知道在部队就没有几个男的能够打赢她，更别说牧休言，就算是经常锻炼，也是比不上实战经验丰富还鬼主意多的牧青禾的。

"李叔，你可千万别乱动，会出人命的。"眼见着李叔要去扶牧休言，牧青禾赶紧制止。

李叔吓得赶紧后退几步："你们这又是怎么回事？"

牧青禾一改刚才打架时凶狠拼命的样子，不好意思地挠挠头："一下没注意，断了根肋骨。"

"你呀！"李叔无奈地摇了摇头，赶紧掏出手机给医院打了个电话，牧休言只是咬着牙什么都没说，却也知道牧青禾没有开玩笑。

04

　　因为爷爷的原因，时春自然没有离开医院，出了这么大的事，至少应该等到牧爷爷醒，她才能安心。

　　事情还没有传到桐湾宿家，但是相信用不了多久，只要牧爷爷醒过来，他们自然也就知道了。

　　不过，现在牧爷爷的情况不容乐观，医生说至少要在重症监护待到醒过来，至于什么时候醒过来，医生没有说。

　　二次手术并不是简单的事情，哪怕处理及时，后遗症什么的也会更多，如果这种时候她不待在医院显然是说不过去，哪怕牧家的人没有责怪过半句，可牧爷爷这样，终究和她脱不了干系。

　　听说牧休言受伤，时春本能地想要跟过去看看，却在最后停住。

　　她现在过去，像什么样子，既然已经离婚，就应该要像那么回事，只是在牧青禾过来的时候，她还是有些不好意思。

　　"真心疼，就该去看看，我们家又不会拦着。"牧青禾还是一如既往地直来直去，何况她倒是真喜欢这么逗时春的。

　　时春尴尬地笑了笑："我又不是医生，去了也帮不了什么。"

　　牧青禾意有所指地感叹："是不是帮得了，要看牧休言怎么想。"

　　他想的恐怕应该是沈柔吧，而不是自己，时春想。不然也不会在她提出离婚后，那么轻易就同意，甚至连争取的话都没有说上两句。

　　"既然爷爷的手术很成功，你们又都来了，我就先回去，爷爷醒了之后我再过来。"她并不想在这种情况下撞见牧休言。

这些天，她刻意避开牧休言，早上一定会在牧休言没有起来之前离开，回去的时候，确定牧休言已经在书房或者还在学校才进门。

如果不是因为担心爷爷现在的身体不适合知道那些事情，她早就从那儿搬出去了，她并不喜欢把某些事情做得模棱两可。

"真的不去看看牧休言，他可是真的肋骨断了呢，估计这几天都得在床上躺着。"牧青禾不死心地再次问道。

知道牧青禾是故意说给自己听，也知道牧青禾对自己挺好的，可时春并没有表示在这件事上会有所改变。

时春微微欠了欠身，礼貌地说了句再见就转身离开。

从医院出来，时春直接去了关薇那儿，现在他们离婚的事情大家都已经知道，再住在那儿显然也不合情理，细想来也就只剩下关薇那儿了。

敷着面膜的关薇看着大晚上出现在自己门前的时春，虽是疑惑，却还是将她迎了进来："大晚上到我这里来干什么？怎么回事，牧休言这么快就翻脸把你赶出来了？"

时春无奈地撇撇嘴："他现在应该没有力气赶我，躺在病床上呢，只是离婚的事情牧家已经知道，我再住在那儿不合适。"

"那就先住我这儿吧。"关薇含含糊糊地说着，直到时间到了，才将脸上的面膜一把摘下，问时春，"不过，牧休言怎么进医院了？"

"不知道，听说是被青禾姐打的。"时春叹了口气，往后一躺靠在沙发上，闭着眼睛假寐，怎么会不担心牧休言，虽然牧青禾只是轻描淡写地说了几句，可这都到医院来了，想必也伤得不轻。

"所以你去医院看他,还这么晚才回来?"关薇盯着时春,若有所思地问。

时春被她忽然凑近的脸吓了一跳,连忙往后躲了躲:"你别乱猜,是牧爷爷,听说我们离婚后病发晕倒我才过去的,在他受伤之前。"

关薇倒是不怀疑时春的回答,何况时春在她面前也没有什么好撒谎的,不过时春的反应倒是让她好奇:"我猜什么,你去见他又没有什么不对,毕竟是前夫,还是住在一起的前夫。"

"关薇!"

"有些事,你不是应该比我更清楚吗?"关薇促狭地笑笑耸了耸肩,去洗手间洗脸去了。

05

接到牧休言的电话是在第二天的中午,时春正在厨房做饭,关薇说是让时春住在这里的补偿,照顾她的每日三餐。

"时春,我在医院。"牧休言虚弱的声音从电话那头传来。

时春被电话里的声音惊得一怔,当初两人没离婚时,都没见他这样打电话说过这样的话,怎么现在离婚了,他反倒像是变了个人。

"嗯,我听说了,好好养伤吧。"她尽量语调平淡地回应。

"哦。"牧休言显然有些失落,却还是将事情说明白,"爷爷……是因为我,你没必要想太多。"

时春没有回答,沉默了很久后,缓缓地说:"我这边还有事,再见。"不等牧休言再说话,她已经挂了电话。

刚才牧休言的声音虚弱而沙哑，看来真的伤得不轻，不过这些和她说做什么，换作以前，她或许还可以听听，当作是牧休言在她面前偶尔的示弱。可现在，她不知道这一切是不是牧休言透露给她的假象。

就像是告诉她可以试着接受他，可连他自己都没有放下沈柔。

闻到煳味从客厅过来的关薇，见她失神忍不住提醒："宿时春，想什么呢，菜都被你炒煳了。"

被关薇一喊，时春立即回过神来，佯装淡定地挽救着锅里炒煳的菜。

"想到点事，一下没注意。"

关薇略带怀疑地看了她好几眼，最终什么也没问地回到客厅备课。

后面的几道菜，时春虽然没有出错，但也没有以前的水平，饭桌上关薇看她不时走神的样子，敲敲碗装作无意地道："真担心牧休言就直接去医院看看啊。"

时春手上的筷子明显一顿，却很快被她掩盖过去："我只是在想过几天要给戚卫礼的那几张图纸。"

"是真的在想图纸，还是在想别的……"关薇故意将话音拖长，盯着时春，"时春，你应该知道自己并不擅长说谎。"

"从昨天晚上，一直到现在，你都心神不宁，如果是因为牧休言的爷爷，他老人家那么多人关心着照顾着，你还在这儿操着一肚子空心，那也太过了点吧。"关薇挑明了。

时春拧着眉看着关薇，纠结地张了张口，想反驳，最终却什么都没有说出来。

倒是关薇,立刻爬坐过来,开始跟她头头是道地分析:"其实喜欢上牧休言也算正常,你们俩朝夕相处怎么会不产生点感情?何况牧休言那么优秀,你又不眼瞎。"

"那又怎么样,牧休言心里恐怕不是这么想的。"时春低声喃喃反驳。

关薇无奈地耸了耸肩,爬坐回去埋头吃饭,她总不能劝着时春去追牧休言吧,那样就对卞和太不公平了。他们之间的事情,就让他们自己来吧,反正她的意见也左右不了时春。

最终时春还是去看了牧休言,在下午牧爷爷醒了之后。

牧爷爷一醒,牧青禾便给时春打了电话。

时春才走到病房外,就听见牧爷爷因为坐不起来而冲着牧父发脾气,大概是为离婚那件事情发的火还没有消下去吧。

"爷爷,刚醒来就这么大脾气可不好。"最终还是时春打的圆场,总不至于站在门外任由着牧爷爷发脾气吧。

牧爷爷这次情况倒是挺好,虽然被气晕过去,但是抢救过来后,人还是清醒的,只是那股子怒气一点也没消。

牧爷爷见是时春过来,虽然心里乐着,嘴上却还是没饶人:"我还以为你不会来看我这老头子,反正也不愿做我们牧家的人。"

大家已经识趣地相约着出去了。

时春过来,牧爷爷当然是有话要说的。

"您这又是在和谁说气话,就算我和牧休言……您不还照样是时春的爷爷,又怎么会不来看您?"时春佯装委屈地低着头赔着小心,都说老人就像小孩子，都得哄着，倒是半点没有说错。

"还知道是爷爷。"牧爷爷瞪着时春，教训着，"那怎么连离婚，我都不配知道？"

"爷爷……那个事情……"时春轻咬着唇，可怜兮兮的不知道该怎么说，离婚确实有些冲动了，可那些事，又要怎么说呢？

牧爷爷倒也没想着刁难时春，不过是气不过他们私下做了这样的决定，关于牧休言那天说的，他也仔细反省过，可到底是不愿承认自己做错了。

"我知道是牧休言做了错事，爷爷会替你做主的，他现在这样就当是受罚，你要是想去看就去，反正他们是没人敢去。"

没人敢去？时春不解地看着牧爷爷，却又很快明白过来。

这话的意思就是，现在牧休言那里，去不去全由她来决定，可她要是不去，就不会有人敢过去。牧爷爷的心思，时春怎么会看不出来，可真不去，又怎么放心得下？

明明知道牧爷爷是故意这么做，为难她，她却也不能说什么，何况牧爷爷现在才刚醒过来不久，她总不能故意惹恼牧爷爷吧。

当牧休言在一直无人问津的病房门口看到时春的时候，显然有些惊讶，更多的却是欣喜。

这段时间，时春刻意地避开他，就连他想找个机会碰见都难，今天他主动打电话过去，她也是冷冷淡淡的，好像离婚后的他们，就什么都没有了。

"爷爷已经醒了,状态还不错。"是时春先开的口,牧休言目光灼灼看得她有些慌张。

"嗯。"牧休言大概也意识到了自己的失态,"我以为你应该没空过来看我。"

时春本来走过去的动作一顿,但迅速掩盖过去:"今天周六,学校没课。"她找了个还算不错的理由。

"原来是因为今天周六,咳咳……我还以为……咳……"

不知道是不是因为姿势不对,牧休言没说几句话,便剧烈地咳嗽起来,扯得胸口撕裂般地疼。

时春赶紧倒了杯水,特意又将床调高了点,轻轻地顺着牧休言的胸口,再将水递过去,一连串的动作显得行云流水,连个停顿都没有。

察觉到自己这一串反应才觉得有些尴尬,时春赶紧撤了回去,坐在一旁的椅子上,红着脸埋着头。

牧休言倒没觉得有什么,枕着床看着时春,像是漫不经心地问:"你过来,就是为了告诉我爷爷醒了?"

像是生怕某个心思被看穿似的,时春猛地抬起头,轻咳了一声,算是掩饰:"爷爷不准他们来看你,所以我就……"

"其实你也不想来。"牧休言并不喜欢听她说这些没用的理由。

"没有,没有……"时春慌乱地解释,"我只是觉得,我们现在的关系,有些不合适。"

牧休言看着她,揣测着她话里的深意:"嗯,其实也不是很严重,我一个人也可以。"

时春认同地应了一声,不知道怎么往下接,沉默了好一会儿后,她缓缓地站起来,犹豫着,最终离开。

看着她果真离开的身影,牧休言心里并不怎么自在,明明从昨晚就期待着她能够来看自己,所以和牧青禾动手的时候,他并没有太较真地躲闪。时春在避着他,唯有这样的苦肉计或许还有机会。

好不容易挨到早上,他赶紧打电话过去,没想到她居然那么冷淡地回应自己,甚至主动挂了电话。

离婚,他尊重她的想法,同时也认为这段婚姻里面掺杂了太多的东西,是时候解决一下,却并不表示他就真的对她没有任何感情。

知道他有胃病而学着做饭的人,因为他喝醉而主动缩在沙发角落的人,板着脸不准他熬夜的人,从来不会拒绝他说的每句话,温顺得让人有些心疼,这些天她对他如何,他不是无心无情之人,怎么会没有半点动心?

只是这个动心,在不自觉间连他自己都感觉迟钝,要不是听她说出离婚时犹似针扎在胸口的难受,他也未曾察觉,她于他,原来已然变得如此重要。

在她提出离婚之后,他将自己关在书房整整一天,思索着能够挽留她的方法。

他主动找到关薇,想从她那里了解时春与卞和的过去。他生平第一次放下架子,恨不得知道他们之间的任何细节,恨不得自己就是那个陪伴着时春一起长大的少年。

知己知彼,百战百胜。他倒不是想要赢过谁,而是想知道那些他错过的关于时春的事情,想知道自己面前永远故作坚强的时春另一面会是什么样子。

牧青禾的拳头落在他身上时,他觉得那些都是他应受的,没有早些发现对时春的感情,也没有意识到自己的行为在时春看来是多么受伤……如果早些知道,他一定不会做那些让时春误会的事情。

从某个方面来说,爱上时春,算是移情别恋,看上去很浑蛋,可若是再对不起时春,那他就真的成浑蛋了。

06

时春再来的时候,手上多了份外卖,是照着牧休言的口味买的,还加了一份玉米排骨汤。

"伯母说你一天没有吃东西,就先这样吧。"帮牧休言把菜一一摆好,时春又继续道,"你先吃,需要什么我回家拿一趟。"

"不用。"在时春离开之时,牧休言眼疾手快地抓住她的手,"就在这儿坐着。"

时春惊讶地看着他,揣测着他到底想干什么。

在她来不及找到理由回避闪躲的时候,牧休言已经不着痕迹地松开了她的手,费力地拿起筷子,并不打算让任何人来帮忙。

"牧休言……"时春踌躇着,最终还是说出来,"我……这几天我会先住在关薇那儿。"也许是因为故意,总之她觉得还是有必要和牧休言说一声。

不知是不是吃得太急,牧休言忽然剧烈地咳嗽起来,这样一来胸口更疼,时春本来想要过去帮忙,他却已经自己端起桌上的水,像是故意做给她看他一个人也可以似的。

好一会儿,牧休言才平静下来,却像是没有听见时春的话似的,继续吃着东西,吃完后,半躺在床上闭上了眼睛。

时春不知道现在该怎么办儿,她紧张又尴尬地坐在一旁,就在这时,卞和的电话打了过来,问她在哪里。

卞和出院后,就暂住在戚卫礼那儿,至少有个照应。时春一般下午会过去,虽不会逗留太久,却都会陪他说会儿话,这两天一直有事,就没有过去,没想到卞和会直接打电话过来。

时春下意识地看了看随着电话铃声响起而睁开眼的牧休言,略带抱歉地回答:"在医院,这几天有些忙。"

卞和没有继续问,寒暄了几句就直接挂了电话。这段时间他的失眠症好了不少,记忆也在逐渐恢复,虽然记不得全部,却也知道时春身上发生了很多事,她不说,他也不去问。

"今晚就在这儿吧。"整个下午没有说过一句话的牧休言,在时春打算走出病房的时候忽然开口,眼神直直的,"我有事要和你说。"

嗯?时春诧异地看着他,心想着,有事不是现在就可以说吗,非要拖到晚上?

虽是这样,时春也没有问出口,既然牧休言说了让她留在这儿,她就算是走了,他恐怕也有办法让她回来吧。

时春还是回了一趟家里，做了晚饭带过去和牧休言一块吃，顺便给牧休言带了几件换洗的衣服。他现在这样，她总不能不管吧，那样她也不会放心的。

晚饭后，牧休言在看书，时春又去了一趟牧爷爷那儿，牧父牧母都在，时春简单地打了个招呼也说了下牧休言的情况。不过关于牧休言的事情，他们好像并不在意，也没有主动问起。

从牧爷爷这里回去时，天已经全黑，时春走进病房，牧休言还在看书，见她进来，微微抬起了头。

"宿时春。"牧休言将书放在一旁，表情有点紧张却又十分郑重地说，"我想重新自我介绍一下。"

"牧休言，二十七岁，不，再过一个月就二十八了。无不良嗜好，每天除了上班，就只剩下看书和跑步，会抽烟、会喝酒，但很少不顾场合。工作你知道，房子在哪儿你知道，开什么车你也知道，喜欢什么、学历、人品、电话，你都知道。"他顿了顿，舒缓了一下紧张的情绪，"但这并不影响，我想让你重新认识我，在没有掺杂任何复杂关系的情况下，就单纯只是和我认识。"

说话间，牧休言的眼睛没有离开过时春，他认真且坚定的眼神，让时春根本无法躲闪。

时春的心里炸开了锅，这是她第一次听到牧休言说这样的话，他说过，我们试着开始；他说过，我们应该在一起。

可"试着""应该"这样的词语，里面的勉强和不得已的成分太多，像是被逼到了尽头才做的决定，像今天这样，发自内心考虑已久的话，她第一次听到。

明明知道他心里可能还有沈柔,明明害怕会受到伤害,可她还是有些感动,在听了这些后心脏跳动得厉害,连放在腿上的手,也不自觉地颤抖着,知道不可以,却还是在震惊感动之后,忍不住想去相信。

"我……"时春犹豫着,"你好!"她努力控制着自己抽筋一般颤动的表情,微微一笑伸出手,郑重地回应了他。

牧休言费力地回握着:"你好!"

他似乎很满意她的这句话,连从来都绷着的脸上,也洋溢出笑意。

窗外清朗的夜空,星月相映,在气氛刚刚好的情况下,两人却都选择了沉默,互相尴尬地介绍完自己,他们彼此都不知道该找怎样的话题继续。

时春今晚在旁边的病床过夜,这是间双人房,正好空了张床,倒是给时春留了个方便。

"牧休言。"时春在熄了灯之后,忽然开口,"干吗要用这样的方式把我叫过来?"

牧休言没有回答她,只是刚才稍稍一顿的呼吸,告诉时春,他听见了。

其实,时春早在中午从牧爷爷那边过来的时候,就看见在牧休言病房里教训他的牧青禾。

"还不知道我们家居然有艺术细胞,这出苦肉计演得倒是逼真。"牧青禾的声音从病房传出来,让时春本来打算进去的脚步一顿。

"演不演，不也要你的配合嘛！"

这一点，牧休言倒是没有说错。早在和牧休言过了两招之后，牧青禾就看出了他的心思，既然他有这份心，她也就干脆一不做二不休地顺水推舟一下，帮个小忙，何况牧休言居然背着时春帮沈柔，本来就该打。

牧青禾扬了扬眉："别把我拖进去，我本来就是回来教训你的……"
……

剩下的，时春没有再听下去，等她再回来的时候，牧青禾已经离开，病房里只剩下孤独躺着的牧休言。

牧青禾的那些话，一直在时春脑中盘旋，牧休言故意伤成这样，图什么？她想问，却不知如何开口，不过一切在牧休言说让她留下来的时候，她心里似乎又明白过来。

"离婚，不是因为赌气。"时春郑重地强调。

因为这句话，牧休言不顾身体的不适，转过身来面向她，哪怕在黑暗里其实什么都看不到。

他当然知道时春提出离婚并不是为了赌气，因为她不是那样的人，否则也不会在两年前毫无怨言地同意结婚，或许，她已经考虑良久，关于这段婚姻到底有没有维持下去的必要。

她顺着牧爷爷的意嫁进了牧家，也答应他尝试看看，直到惊觉自己喜欢上他。

时春开始害怕，如果一开始就不带情感地接受，自然就不会有顾忌，可若是抱有期许，就会变得不安，变得胆怯，变得谨慎，害怕出现任何差池。

"宿时春，浮冰化了，也许会是春暖花开也不一定。"

"啊？"

惊讶过后，时春陷入沉默，在想牧休言怎么会知道这个。

和关薇聊天的内容，不单单是了解她和卞和，他和她之间事情，他也想知道，关薇说时春认为她和他之间的地基是浮冰，他没有否认。是像浮冰，一个不小心就可能碎了，从此天各一方。

他并不想看到这样的情况出现。

"我和沈柔已经是过去，帮她只是出于朋友情谊。"牧休言头一次解释这些，如果此刻时春能够看得见的话，大概会看到牧休言坚定的眼神里，像是发着光。

"晚安。"良久的沉默后，时春只说了这两个字。

"晚安。"牧休言轻声道。

第十章 ///

谢谢你，没有放弃，谢谢你，爱我。

01

接下来的几天，时春几乎都在医院照顾牧休言。因为牧休言请病假，学生知道后过来看过，看见时春，会很有礼貌地称呼师母。时春想解释，却被牧休言拦下。

那天晚上的那些话，两人没有再说过，不知道是不是牧爷爷下了命令，总之，牧家真的没有一个人过来看过。

病房里新进来一个中学生，骑摩托把脚摔伤，晚上的时候，时春只能趴在一旁睡觉，可是第二天起来的时候，却发现自己和牧休言睡在一张病床上。不用说，她都能猜到那个半夜把自己抱上床的人是谁。

余下的几天都是，直到出院的时候，旁边的中学生，才意味深长地对牧休言说："你这样追女孩，太慢了。"

牧休言扬了扬眉，看着时春意有所指："慢工出细活，总要制造些回忆，人生才算圆满。"

沈柔不知道从哪儿听说牧休言在医院，赶着第二天就带了些慰问品过来了。当看到沈柔千娇百媚地站在门口，时春虽然心里堵堵的，却也非常识趣地离开，将空间留给他们。她在，也只会徒生尴尬。

"怎么弄成这样？"沈柔将东西放下，自然地坐下，语气里有些责备。

不知道是不是因为被时春误会过，牧休言不想再重复这种误会。

"苦肉计，你也知道我从来不会哄人，这样更适合。"

沈柔掩饰不住地惊讶："就为了她？"

"她可是我名正言顺娶来的妻子。"牧休言浅笑着。

这是沈柔第一次听牧休言这样提起时春，震惊是有的，更多的是失落。这段时间牧休言对她的冷落她心知肚明，就算不明着说出来也能够明白，可如果就这么输了，她又怎么会甘心。

"那我呢？"她委屈地看着牧休言，眼底泛起一层层水雾。

"你已经结婚，我也是。"

"可你们离婚了。"

牧休言却毫不介意："我知道，不然我也不会用上这一招。"

再多的话已经没有必要再问了，沈柔第一次看见牧休言这么笃定的眼神，心底已经清楚了一切。当年就算是只有他们俩，也不过是她求着牧休言，哪轮得到牧休言这样，可现在，他居然可以为了时春做到这个地步。

时春回去的时候，沈柔已经离开。

看到时春默默地进来，牧休言立刻指着桌上的一堆东西，道："那些东西，你拿去吃了吧。"

时春顺着他的手指看过去，那堆东西不正是沈柔刚才提过来的吗？她疑惑地皱起眉。

"不敢收那种大礼。"牧休言强调。

"牧休言！"

时春当然听懂了他话里的意思，恼羞成怒地瞪着他。

这几天他总是有意无意地提起这些，时春不傻自然知道是什么，心里多少也荡起了一圈涟漪，却并不意味着她一定要有所表示。

回到牧家，一下车就看见牧青禾正在和一个剃着平头十分高大俊朗的年轻男子吵架。

"你说你跟着我来干什么，又不帮我写检讨，又不帮我撒谎，真是碍事。"牧青禾瞪着眼嫌弃地看着年轻男子。

"把我丢在机场，居然还想让我帮你写检讨？"年轻男子也不甘示弱地反驳。

原来是那天被牧青禾丢在机场的警卫员。

"你一个研究生，读那么多书，不写检讨做什么，反正也做不了别的体力活。"牧青禾毫不客气地打击他。

"牧青禾，你不要太过分！"

"军区教你这么和领导说话的？"

眼见着快要僵持不下了，牧休言才由着时春扶着，像是过客般慢吞吞地从门口进去："我当是谁在家里吵，要是让爷爷知道恐怕……"

报告不打直接从军区回来，就已经够爷爷将她教训一顿了，要是再让爷爷知道她让一个警卫员写检讨，后果恐怕会是军法处置。

牧青禾果真不敢再吵，她咽下一肚子的怒火，瞪了一脸刀刻般的警卫员一眼，眼风一扫又瞪到牧休言身上，然后一个箭步跨过去从牧休言旁边拖走时春。

"牧休言有没有和你低头认错？"牧青禾八卦地问，明明这个词语和她应该扯不上半点关系的。

认错吗？时春想起他郑重的自我介绍以及关于沈柔的解释，姑且算是吧。

"青禾姐，我和他已经离婚了。"时春尴尬地解释，虽然说过那些，却不表示本质有什么变化。

牧青禾难得语重心长："难道你还看不出他的心思，可是宁愿被我打进医院，也非要你去照顾啊。"

她当然看出来了，可那又如何，两人现在这样相处其实挺好，既然牧休言打算重新认识，那就慢慢来吧。时春想。

"谢谢青禾姐，已经强求过，结果并不乐观，事已至此，倒不如顺其自然。"

听时春话里有缓和的趋势，牧青禾自然识趣地没有再问下去。有些事情，点到为止就够了，过犹不及。

牧休言刚从医院回来，云姨说要让他好好补补，看见宿时春的时候，大概没反应过来他们离婚的事，扯着时春交代着各种注意事项，说了半天才尴尬地想起时春和牧休言已经离婚。

本来牧母让时春留着一起吃个饭，时春拒绝了，既然已经离婚，哪怕牧休言模棱两可地说了那些话，可终归是不合适。

关薇见她回来，也没问她这几天都在哪儿，答案都心知肚明，倒是随口问了时春有没有去卞和那儿。

"这几天在上课，就没有空过去。"时春解释，"何况，卞和那边，总不能一直去。"

关薇没有戳破，看来，时春的天平早就已经倾到了牧休言那边，或者，其实一直都没有到过卞和这边也说不定，不过这些都不是她需要管的。

早在牧休言找她打听时春和卞和关系的时候，就问过她是否认为时春和卞和在一起真的会幸福，她没有回答。放在很多年前，她可以肯定地回答——会。可是现在，时春变了。

次日一早，卞和居然打电话过来约时春见面，大概想到是周末，时春怎样都有时间。

地点约在早餐店，时春要了一份三明治，卞和要的是汉堡还顺便带了一杯咖啡。

牧休言也经常喝咖啡，但是很少像卞和这样大早上就喝，而且牧休言喝咖啡纯粹是为了提精神……

"时春,你觉得桑中好,还是桐湾好?"

卞和的声音,让时春恍然回过神来,没有问卞和怎么想起这些的,不过本来也就是应激后的短暂失忆,这些天戚卫礼应该也说了不少,记起来也没有什么奇怪。

"桐湾吧,人少地方小,却总觉得哪里都是温暖的。"虽然不明白他为什么这么问,时春却还是认真地回答了。

"我打算休息一段时间,然后再做回心理咨询的工作。"卞和喝了口咖啡,告诉时春自己的打算。

时春笑着点头,虽然并不支持卞和再从事与心理相关的工作,不过如果卞和决定,她并没有阻拦的立场,却还是慎重地建议:"其实并不用急着工作,医生也说让你尽量休息。"

几乎是在时春的话音落下的同时,卞和飞快地问了一句:"如果当初我要是没有出国,你还会照着婚约嫁给牧休言吗?"

时春定定地看着他,猛然间不知该如何作答。她和牧休言的婚约虽然已经过去,却已成为事实,钉在那儿改变不了。

"我如果没有回来,你会和他离婚吗?"卞和并不在意她的回答,笑意艰难,"看起来,这一切好像都是我造成的。"

这话让时春眉头紧锁,她双手在桌面紧紧扣住,面色平静地回复:"不是的,你不走,我还是会和牧休言结婚,至于离婚,是我自己想要的。"

卞和没有再继续这个话题,他掐着时间喝完咖啡,朝时春示意要离开,在站起来的时候,忽然开口:"喜欢牧休言,没有什么好害怕的。"

时春错愕地看着他离开,忽然想起卞和曾经和她说过,在心理学家面前千万不要刻意隐藏秘密。所以,他一早就知道了她喜欢牧休言的事,甚至连她因为害怕而做出那样的决定也知道。

或许她应该跟卞和说句谢谢,温暖如是的卞和,直到现在还在为她操心。

02

牧爷爷出院的时候,有叫过时春过去,但是时春拒绝了。她觉得这时候她还是不要出现的好,牧爷爷有那么多家人照顾,以她现在和牧家的关系,她已经没有关心的资格。

可是在学校遇见牧休言倒是意外,设计院虽和商学院相邻,却并不表示两个地方就真的挨得很近,何况学校人来人往的,若不是刻意,很少会撞见。

"吃中饭?一起吧。"

牧休言看似礼貌的询问,其实已经给时春定下了回答,可时春并不这么想,虽然下午有一节课,但是和牧老师在食堂吃饭,总归是有压力的。不过,牧休言没有给她思索的机会,径直朝着食堂走去。

对于食堂,牧休言并不陌生,先不说他本来就是桑大商学院毕业的,在刚回国的那段时间,他也是去食堂解决午餐的。

如此,时春便也只能尴尬地跟着,她觉得这时候走掉并不合适。

和牧休言面对面坐着,可能之前有过太多次的原因,她倒没有什么不自在,当然,如果没有遇见于静姝的话……

"时春,你也在?"这间食堂是她们宿舍当时试吃了桑大所有食堂之后,总结出味道最好的,会遇到倒也不稀奇,于静姝在时春旁边坐下,扭头问牧休言,"牧老师,您应该不介意我坐这儿吧?"

"不会。"牧休言简单回应。

于静姝向来胆子大,对于时春和牧休言的婚姻也好奇已久,她也问过时春,不过时春从来不肯透露半句,现在牧休言就在面前,她又怎么会浪费这么好的机会?

"牧老师,怎么以前不见你和时春来食堂?"于静姝好奇地问。

"以前都是在我办公室。"牧休言坦诚回答。

果然有料,于静姝想。旁边的时春已经在底下扯她衣服,示意她不要再问,她全当不知道:"难怪牧老师回来之后,时春就开始脱离我们,原来是去陪您啊。"

牧休言轻笑一声,算是回答。换作平时别人这么问,他说不定早就不耐烦了,不过今天权当心情好。

于静姝眼珠一转,就开始下套:"牧老师和时春应该从小认识吧,不然时春怎么会在大学守身如玉到从来不和男生玩,每天除了看书就是画画。"

"算是吧。"牧休言点了点头,"婚约是很小时就定下的。"

"天啊,娃娃亲。"于静姝惊叹着,"我就说时春眼光不错,看来从小就是啊。"

……

一顿饭下来,时春只觉得自己备受煎熬,要是让于静姝知道她现在已经和牧休言离婚的话，还不知道于静姝会怎么惊讶呢，不过想着也就这一次，她干脆懒得解释了。

饭后，和于静姝分开后，时春才对牧休言说："牧休言，你刚刚是不是故意的？"

"我只是说了实话。"

这一点他倒是没有说错，时春被噎得无话可说。她知道和牧休言辩论这些完全没有用，于是借口去画室有事，就自顾自走了。

关于和牧休言离婚的事，时春想了想，还是觉得有必要和家里说一下，既然牧家已经知道，那也就没有了隐瞒的必要，不说反倒有些说不过去。

这样想着，时春决定这个周末趁着有空回一趟桐湾，这种事情，毕竟还是需要郑重点来说。

但是时春这样不打招呼地忽然一个人回来，宿母自然品出了异常的味道，盯着她看了半天，带着责备地问："和休言吵架了？"

"算是吧。"因为到的时间正好是早饭后，爷爷已经和奶奶出去了，家里只有宿母一人，倒也不用顾及什么。

"我和他离婚了。"时春说。

"你说什么？！"宿母生怕自己听错，讶然地追问。

时春点了点头："一个月前的事，一直没说。"

"啪！"宿母的巴掌毫无预兆地落在了时春的脸上，她气得浑身颤抖，难以置信地盯着时春，她知道自己的女儿从来不说谎，既然时春说了离婚那这个事肯定就已经是事实了。

"牧家和我们家是什么关系,你不是不知道,怎么可以随便说离就离?"宿母显然有些激动。这些年来,牧家的好,她都记着,牧家能娶时春,在宿母看来那是牧家看得起她们,现在时春说离婚了,那就是不识好歹。

时春并没有因此怪罪,脸上火辣辣地疼着,不过她能理解的,一开始就理解,否则也不会毫无怨言地嫁过去。

"可是,牧休言也是被逼的不是吗?他一开始也是不愿意的,不愿意娶我,不愿意结婚。"

宿母大概也意识到自己刚才太过冲动,心疼地拉过时春抱在怀里,摸着时春的头不知道说什么好。如果宿家是配得上牧家的,那两人在一起也好离婚也好都没人觉得有什么,可是现在是宿家欠着牧家的,做什么就都是宿家的错啊。

……

宿爷爷一回来就看见了时春脸上的红印,又看了看红着眼眶的母女俩,自然意识到有事:"这是怎么回事?"

时春不知道怎么回答,还是宿母开的口:"她和休言背着我们离婚,牧司令因为这个事晕倒进了医院。"

"宿时春!"

时春被爷爷吼得一怔,虽然爷爷向来疼爱她,可做出这样的事来他总归是生气的。因为哮喘,宿爷爷后面的话还来不及说出来,拍着胸口直喘粗气,看着时春的眼神满是恨铁不成钢。

"老头子,你先别动气,听听时春怎么说。"宿奶奶倒是很平静,毕竟是自己的孙女,总归是向着时春的。

时春耷拉着头,咬着唇不知道怎么开口,好一会儿,才说:"因为很多事情,我们才决定离婚的,总不能已经互相不喜欢了还这么拖着吧。"她寻了个还算让人接受的理由。

宿爷爷吹着胡子干瞪着宿时春,手上的拐杖举了几下,终究还是舍不得落下去,但心里到底还是气得不轻。

"拿电话来,我给牧司令打电话赔个不是。"宿爷爷叹了口气,年轻一辈的冲动得由长辈来妥善收尾。

时春明白爷爷的用意,咬着唇朝爷爷愧疚地鞠了几个躬。

"对不起。"

吃完晚饭,牧休言的电话就追了过来。

"你回桐湾了?"他语气很轻,但其实更多的却是担忧。时春就这样回去,单从宿家的角度出发,必然是免不了要被训一顿的。

时春轻轻地扯了扯悬挂了许多年的窗帘,颜色已经褪了,她这时候不是很想说话,只淡淡地"嗯"了一声。

这几天牧休言有空会偶尔打电话过来,倒像真是为了病房里说的重新认识,每次也就几句问候的话,时春也就由着他了。

"你……说了?"牧休言略带试探地问。

虽然没有直接挑明,时春也知道他问什么,毕竟他们之间也就这么几件事:"你那边都知道了,爷爷从别人那儿听说,我怕他更生气,倒不如我坦白。"

"嗯,那早点睡。"

不等时春说话,那边已经挂了电话。时春看了下手机,烦躁地丢在一旁,母亲那一巴掌下手并不轻,现在脸还肿着,碰一下都火辣辣地疼,不过毕竟是自己做错事,倒也没什么怨言。

03

清晨,时春被楼下的吵闹声给弄醒了,没睡醒的她半眯着眼睛下楼,越过客厅的爷爷奶奶,走向屋外,在看到院子里的不速之客后,睡意全无。

"你来这儿干什么?"时春站在门前,怒视着院中的男子。

"这是我家,我有什么不能来的。"那人毫不羞愧像是说着一件理所当然的事情,好像当年亲口说出再也不回来这样话的并不是他。

时春赶紧挺身挡在母亲身前,瞪着他,生平第一次刻薄地说话:"这里没有什么东西是你的,你的家在那个为你怀着儿子的女人那里。"

"时春,不管怎么说,我也是你爸爸。"男人像是吃定了时春,无比赖皮地看着她,"我这不也是没办法才回来找你们嘛,拿不出五十万,那些人会打死我的。"

时春眼带恨意地盯着眼前这个和她有着血缘关系的无耻男人,当年全家人好说歹说,让他不要那么绝情,毕竟家里有老婆又有女儿,可他当时就是什么话都不听,甚至说出断绝关系这样的话。

"你走,没有人要你找回来!"时春用力推着眼前的男子,推搡间一不小心摔在了地上,薄薄的睡衣被磨破,一大块被蹭破皮的地方冒出血珠。

"滚!"一旁沉默已久的宿爷爷终于开口,"给我滚出去!"

兴许是太过生气,宿爷爷说完后,剧烈咳嗽着喘不过气来,吓得时春赶紧跑回客厅去拿哮喘药。

"爸,你总不能真看着我被打死吧!"男人可怜兮兮地说,"那些人可都是玩真的。"

时春的爸爸是宿爷爷的小儿子,宿奶奶向来最疼爱这个小儿子,这时候也是最心痛欲裂的,她满含痛苦地望着这个不争气的小儿子,热泪盈眶。

宿爷爷被气得直接从轮椅起身,颤颤巍巍地站着,当年受伤的腿因为风湿严重,这几年已经站不起来,今天这样,显然他也是被气急了。

"我没有儿子,你哪儿来的回哪儿去!"宿爷爷厉声吼道,像是用尽了全身的力气。

"爸……"男人并不打算放弃。

宿爷爷痛苦又愤怒地举起手上的拐杖狠狠往下挥去,眼见着手上的拐杖就要落在那人身上,最后却连着宿爷爷一块倒了下去。

"爷爷!"时春吓得赶紧跑过去。

牧休言接到消息到达宿家的时候,宿家简直乱成一团:院子里停着救护车,医护人员正在现场急救宿爷爷,宿奶奶站在一旁紧紧抓着宿母的手束手无策满脸是泪,时春忙着跟上救护车,那个始作俑者正站在一旁没人有空去管。

出于礼貌，牧休言还是和他点了点头，疾步走过去追上时春："怎么回事？"

"好像在外面欠了好多钱，回来找爷爷要，爷爷气不过晕过去了。"不过是短暂的惊讶，时春很快便反应过来，简单地解释了一下缘由。

牧休言没有往下继续问，看情况也能够想到事情的经过。在将宿爷爷送进急救室之后，牧休言决定独自折回宿家，宿父还在，总还是需要一个人去处理的。

"我离开一会儿，回家看看，你先在这儿等着，有事情打我电话。"牧休言摸了摸时春的头，吩咐着。

时春点了点头，现在家里那边恐怕还是乱糟糟的样子，总归要有人来处理。

过了会儿，有护士过来找时春，说刚才离开的那位先生让她过来处理一下她的伤口。时春低头，才注意到自己胳膊上的伤口。

牧休言再回来的时候，已经是中午，宿爷爷已经从急救室出来，问题不大，明天就可以出院。

因为奶奶在，时春并没有直接问牧休言那边是什么情况，奶奶的不忍心她还是能看出来，毕竟是自家子女。

晚上，牧休言主动提出守夜。时春担心他的身体，并不同意，但牧休言说爷爷由他照顾可能会方便些，她也不好再推拒，毕竟她家确实再也找不出别的男人来。

一直留到天全黑下来，时春才从医院离开，明天的课必然是赶不回去的，只得提前告诉班长，明天一早再和班主任请假。

宿母来找时春的时候，时春刚从浴室出来，本以为周末回来将离婚的事情解释清楚，没想到又来这么一件事，也难怪爷爷会气到病倒。

"时春，妈有事和你说。"

看母亲这样，时春多少也能猜到是什么，遂停下手上的事，在一旁坐下。

"我知道那样说你可能不高兴，但他总归还是姓宿，总归是你爸爸，一直这样找上门来，大家看着也不好，要不我们还是让他拿着钱走吧，也好过他一直这样时不时找过来。"宿母犹豫着。

时春不悦地皱起眉头，她知道母亲向来心软，但在这件事情上她不同意："那关我什么事，他是他，和我没有半毛钱关系。"

"时春……"宿母神情哀愁地说，"他要是这么天天过来，也不是办法啊。"

"他在外面赌博，欠下一屁股的账就知道来找我们了。这次给了那下次呢，你打算怎么办？"时春气不过地瞪着母亲，"何况我们家有那闲钱吗？爷爷的药钱、家里的开支，不都是钱？"

"可奶奶她……"

"我好累了，妈妈，我要睡了。"时春人往床上一躺，扯过被子把自己埋在里面。

这些年他从这里离开之后，和那女人好像一直关系挺好，不过所谓夫妻本是同林鸟，大难临头各自飞，自从他迷上赌博，两人就开始吵架，那女人也不是等闲之辈，后来因为赌债干脆把他赶了出来，他这才找到这里来。对于大人的安排,她从来不会去反驳什么,但是唯独这件事不行,关于那个人的不行,她怎么能够去原谅他,原谅当年就那样抛弃她的人?

宿母还想再说什么,但是时春已经没有心情再听下去。见她一直躲在被子里,宿母叹了口气,沉重地站起来起身离开。

听到房门的轻撞声,确定母亲走了,时春才从被子里爬起来呆坐在床头,却没有开灯的打算。

她知道这件事情早晚是需要处理的,他还会找过来,这次幸好她在,可若是下次她不在,会发生什么后果她根本不敢去想,她当然知道奶奶是顾虑着爷爷才什么都没说,说到底还是自己儿子,看着长大的,又怎么狠得下心?

这样想着,时春烦躁地揉了揉头发,给牧休言发了一条短信:"睡了吗?"

牧休言的电话很快打了过来,回答了时春刚才的问题:"没有。"

"哦。"时春闷闷地应了一声,其实也没有什么事,她不过是想做点事打发时间,这一点牧休言也知道。

之后是漫长的沉默,两人谁都没有再说话,就这样听着彼此的呼吸声,一直到时间不早,牧休言才说:"睡吧。"

"嗯。"

"挂了。"

"嗯。"

虽是这么说,牧休言还是等到时春挂了电话,才收回手机,揉了揉眼睛，走出病房又打了个电话。

04

　　第二天的中午，宿爷爷才从医院出来，大家一块过去，正好去外面吃饭。车上没有人提昨天的事，这种时候，谁也不想再惹爷爷生气。
　　宿母好奇时春和牧休言现在的情况，忍不住偷偷问。时春只是笑了笑，并没有直接回答，他们现在充其量就是个熟识的朋友吧。
　　从饭店离开，将宿爷爷送回家，牧休言准备回桑中，毕竟工作在身，没理由一直请假，他问时春要不要一起，时春没有拒绝，毕竟有这样的顺风车不坐，自己再去车站瞎折腾有些得不偿失。
　　临走前，时春告诉母亲她会将事情处理好，如果那个男人再找来，一定不要擅自决定而要给她打电话，更多的，她也就不说了。

　　车上，时春犹豫着，好几次都在快要说出口时打住，她不知道怎么开口，当初结婚都没脸做的事，离婚后就更别说了。
　　"有事？"牧休言当然看出了她的心思。
　　时春抿了抿唇，不好意思地笑着，最终却还是摇头："没事。"她怎么好意思问牧休言借钱，何况还不少。
　　既然时春不愿说，牧休言也就没有继续问，倒是将自己想说的说了出来："叔叔那边，需要我帮忙的，随时可以说。"
　　"谢谢。"时春到底没有说出来。她确实想用钱打发掉那个人，她害怕万一那个人走投无路最后真用什么手段让爷爷和奶奶为他出头了，之后两个老人如何生活，她完全不敢想。

牧休言知道她在顾忌什么，如此，也就不好多说，何况他还有自己的打算。

将时春送到关薇那儿以后，牧休言并没有刻意停留，直接去了另一个地方。

脏乱狭窄的巷子，低矮的房屋，一栋栋破旧的楼房上面印着醒目的"拆"字，地上坑坑洼洼，虽然天气大好，但是这阴暗的巷路依然泥泞不堪，不可避免地溅上一腿泥。

牧休言躬身走进其中一间房子，这里的人大部分都已经搬了，宿父是图着租金便宜不得不栖身此处。

"你就住这儿？"牧休言找了个地方坐下，眉头因为周遭环境皱在一起。

那晚在接完时春的电话之后，牧休言给宿父打了个电话，问他要了这边的地址。

"再过会儿，恐怕连这儿都住不上了。"宿父苦笑着摇头。

牧休言直接切入正题："那笔钱我可以给你。"

在宿父还未开口感谢之前，他继续道："但是我有要求。"

"你说。"

宿父多少也想得到牧休言会提要求，虽然当年他和牧父的关系还算不错，但是牧家这小子更像牧司令，该是怎样算得很清楚。

"你不能再回桐湾。"

这个要求让宿父愣了愣,不能再回桐湾是让他再也不能去找宿家,牧休言的意思很清楚,牧休言不会因他和牧父的旧情而有所宽容。

"因为时春?"

"因为我自己。"牧休言答。

大概知道宿父暂时不能决定,牧休言也并不着急这一下,他站起来稍一欠身:"你想好之后打我电话,我先告辞了。"

时春最终还是去找了牧休言。她目前认识的人中,能够一下拿出这么大一笔钱的,恐怕也只有牧休言。就算还有其他人,估计她更开不了口,家丑不外扬,毕竟牧休言是唯一的知情人。

哪怕她之前斩钉截铁地拒绝了母亲说过不愿意帮他,可母亲有一点还是说得对的,总不至于让他一直找去。

"牧休言,我想……"时春欲言又止,终究是开不了口。

"想清楚了?"在她进来时,牧休言就已经猜到她要说什么。

时春稍稍迟疑了下,抿了抿唇:"算不上,不是原谅也不是可怜,可总不能真看着他去死吧。"

牧休言在心底笑了笑,如果时春真的放任不管或者装作视而不见,就不是他认识的时春。就像当初履行婚约,她若是想要轻松找个借口脱身,当初就不会勉强自己。

"然后呢?"他问,并没有说他已经将事情处理好。做了什么是他的事,但说出来,倒像是邀功,他不想时春为难。

时春想了想:"至少让他不要再找来,毕竟爷爷那边再受不得气。"

"好,我知道了。"牧休言淡淡地问,"还有别的吗?"

时春摇头,继而轻轻道:"谢谢!"

"等下吃什么?"

牧休言毫无预兆地换话题,让时春一怔,随即接话:"学校附近新开的烤鱼店,于静姝说还不错。"

牧休言倒是没有意见:"那就去吧。"

"嗯?"很少看到挑剔的牧休言这么果断,时春还在迟疑。

牧休言已经起身,低头冲她笑笑:"当作是你来找我帮忙的奖励。"

时春迟疑着,没有往下接话。除了他,她又还能够找谁呢?不善交际的她,哪里还能找到多余的更合适的人?

接到宿父电话后,牧休言同时叫上了时春。

"他住在这儿?"站在破旧、凌乱、污水遍地的街道上,时春已经能够想到里面的情况,心底多少还是泛起些微的酸涩。

牧休言点了点头,领着时春小心地越过一个个水坑往里走。

相比上次,房间整洁了不少,宿父带着谄媚的笑客气地将凳子拿出来让他们坐,他显然没有想到时春会来,脸上多少挂着些尴尬。时春只是点了点头,并不打算坐,她内心到底是没有办法原谅他的。

"这是协议。"牧休言从文件袋里拿出事先准备好的协议,既然打算将这件事情处理好,不管时春有没有来找他,他都要做到最好。

时春不解地看向牧休言,虽然在车上休言已经简单地说过这些情况,但并没有和她说过还有协议这回事啊。

宿父接过飞快地在协议上签上名字，牧休言才拿出一张卡递给他："这是五十万，密码是你手机的后六位数，你收好。"

宿父讨好地举着右手保证说不会有下次，过分讨好的样子落在时春眼里实在是一种折磨。牧休言这么做只是因为他是时春的父亲，至于其他与他无关。

"这次是因为看在奶奶的面子上，这种事情，不会有下次。"一直冷眼旁观的时春终于说了一句话，如释重负一般立刻冲出门外，眼底有一丝呼之欲出的晶莹。

"这些钱应该让你不至于这段时间饿着。"牧休言从钱包里又取出一摞钱，放在桌上，"如果诚心找份事做，想好了再来找我。"

宿父痴痴地看着他们一前一后地离开，脸上的谄媚渐渐散去，愧疚慢慢爬上沧桑的脸。当年是他做错了，现在再求原谅，也于事无补。

时春站在车旁等牧休言，脸上一片木然。

牧休言过去摸摸她的头："要不要随便走走？"

时春看了他一眼，点点头坐进车里。有时候，心一旦软下来，再想像从前一般，会困难得多，可那些痛终归不是可以轻易原谅的，所以必须时刻警醒着。

"谢谢你。"她确实应该说谢谢，在牧休言拿出协议和银行卡后，时春就看出来，牧休言一开始就打算帮她，不管她会不会开口。

牧休言微微勾起的嘴角，表示他现在的心情还不错："南城公园怎么样？"

"和他说了什么？"时春没有直接回复，转而问下一个问题。下午的课已经被这件事给耽搁了，顺便走走倒也是个不错的建议。

"真想知道？"牧休言并不打算非要将这件事情告诉她，他最后提出的帮宿父找份工作和时春无关，不过是出于他是自己相识的叔叔。

时春摇了摇头："不想说也没事。"

牧休言当然看出时春心底还是在乎宿父的，只是基于过往沉重的恨，才觉得一定不能原谅："说是给他找份事做，他如果愿意的话。"

时春闷闷地"嗯"了一声，没有往下接话。牧休言这么做，倒是无可厚非，毕竟他若是真有份事做，不管怎么样，也算是给了奶奶一个交代。

南城公园正好在回去的路上，公园中央是一座欧式大教堂，上个世纪建造而成，做过学堂，当过卫生站。新中国成立之后，桑中市政府为了保存它，干脆连着周边建筑一起，改造成了座公园，谈不上多大，景色倒是挺好，桑中市的大部分基督徒会在周日去那里祷告。

时春先前因为专业的原因，倒是来过很多次，但是和牧休言一起，却是第一次。之前没离婚的时候，两人也就是偶尔去趟超市，哪还会特意出门就为了散步。

"牧休言，其实我也不是那么恨他。"或许是事情解决后的惆怅，又或许只是想找个人说话，在公园走着的时候，时春忽然开口。

牧休言知道这时候的时春根本不需要他回答什么，所以只是轻轻地应了一声，表示他有在听。

"在没有离开之前，他对妈妈对我都还是很好的，虽然当年娶妈妈是因为被迫而为之，却还是用了心的。当年山洪，妈妈成了孤女，辗转被爷爷收养，一来二去，自然而然两人也就在了一起。如果事情一开始就不是这样，说不定也就没有后面这些事了。"

牧休言心里一惊，这和他们之间的婚姻也有大半相似。

在他看来，或许这一切都是契机，他和她遇见，到变成现在这样，如果没有因为宿爷爷心疼将宿母接到宿家，没有逼宿父和宿母结婚，宿父没有因为后来的女人离婚离家出走……没有这些无法改变的一件一桩，又怎么会有爷爷为了报答宿家恩情而逼他娶时春呢？

时春的脚步一顿，忽然转头认真地问："你说，男人是不是真的和小孩子一样，可以听父母话买一个合适的玩具，也可以为了后来某个钟爱的玩具大哭大闹抛弃所有？"

一时间，牧休言不知道怎么回答她。时春这么问，又似乎在影射某些事情，他不管怎么回答，都说不过去。

时春倒也不打算为难牧休言，见他一直没有说话，也就继续漫无目的地沿着林荫小道这么走着。

夏初的天气很好，不管是走到哪儿，都觉得暖洋洋的。

"时春，你不是某个合适的玩具。"望着时春的背影，牧休言忽然很想解释，或者是害怕误会，又或者，只是想让她明白。

时春倒是不在意他怎么回答，牧休言和那人最大的区别恐怕就在于本质的不同。那人从小被奶奶宠着，以为自己就是全世界；而牧休言太过讲究原则，所以，哪怕这么不情愿，也从来没有提过一次离婚。

……

从公园离开，差不多也到了晚饭时间，两人在附近找了家日料店，随便点了些东西解决了晚餐。

"那笔钱，我会还你的，但可能会比上一次迟一些，毕竟不是小数目。"临近关薇家时，时春终于鼓起勇气说出这番话。上次的钱，因为事先在戚卫礼那里的预支，加上后来比赛的奖金加起来，不久前才刚还清，可哪知又欠上了。

"不用太着急的。"料到时春会提这件事，牧休言倒也没有拦着。

将时春送到之后，牧休言在车里独自坐了一会儿才离开。

他其实很想拉住时春，说出自己心底一直叫嚣的渴望，但是他担心时春还未将心结解开，所以这时候不纠缠不强求，就这样由着事情慢慢发展也许最后能开花结果。

05

立夏之后气温日渐升高，虽然不情愿，但时春还是告诉母亲已经给了宿父一笔钱，母亲那边不过稍稍回应，告诉她听到了，彼此对那男人没有再说什么。

接下来的很长一段时间，时春和牧休言算不上刻意的见面，偶尔在学校遇到会顺路走上一段，周末有空牧休言也会约她出来吃个饭，但不会很频繁，彼此还是保留了许多的独立空间。

这个学期眼见着也快要结束，时春这段时间一直待在图书馆，牧休言知道她的情况，偶尔会去图书馆转转，却绝不打扰。

这天，时春从图书馆回去，正好撞到邵南行从关薇那儿离开，可能是和关薇吵架了脸色并不好,时春和他打招呼也只是敷衍地应了一声就头也不回地走了。

"你把邵学长怎么了?"时春一进门,看见坐在沙发上狂吃东西的关薇,关心地问。

关薇愤愤不平地转向她,看上去明明一肚子话,却在最后停住。

"没事。"

看她那小样,时春装作不屑地冷哼一声,挨着她旁边坐下,挑了颗看上去很满意的草莓塞进嘴里:"藏不住事情就不要逞强,你这像是没事?我看事情恐怕大了去了。"

犹豫之后,关薇还是说了出来:"上海那边的出版社邀请他过去当编辑,福利待遇都比桑中这边高很多,可你也知道,我家好不容易托关系让我进了桑中师大附中,这一下怎么可能跟着他过去?"

"异地恋也可以啊,当初你不是还说,不急着和邵学长结婚来着。"

"就是不急着结婚才更加不能够异地恋!邵南行又不差,过去之后我哪放心啊。"关薇郁闷地一直往嘴里塞东西,开始两人都已经说好一起留在桑中,前两年各自可以专注工作,等有钱付首付再准备结婚。可现在这样,过上几年,两人工作都定下来,到时候,谁跟着谁走都是问题。

这些问题时春倒是从来没有思考过,她和牧休言之间的所有事情在一开始就都被安排得井井有条,她连想的机会都没有,就更别提操心了。这时候,时春也不知道说什么,只能安慰似的拍着关薇的肩:"你就是瞎操心,就算不放心,恐怕也是邵学长对你吧?"

"事情能那么简单就好了。"关薇惆怅地叹了口气。

时春还是头一次看见这么烦恼的关薇，心疼地抱了抱她："干吗把自己弄得那么纠结，和邵学长说清楚不就好了？"

关薇挤出一个敷衍的笑，没有往下接话，她现在很乱，一些计划的事脱离了预计的轨道，事情就瞬间变得麻烦起来。

卞和果真打算回桐湾。时春从戚卫礼那儿听到消息的时候，卞和已经去桐湾了。最近这段时间，他的失眠好了很多，如果只是回桐湾休养一段时间倒是好的，但他却打算开个心理诊所。

这些事情，时春谈不上有什么意见，自然也就由着他，虽然出过那样的事，但她还是相信卞和能够照顾好自己。

放假前的最后一个星期，时春在图书馆撞见邵南行，他因为毕业的缘故在办一些手续，见到时春还是微微点了点头，但是时春看他好像憔悴了不少，整个人看上去恹恹的。

想来也是因为关薇的事，时春决定去找关薇谈谈。

关薇今天在学校有课，只能去学校等。时春将地点定在了学校旁边的奶茶店，下午没有什么人，她要了两杯奶茶坐下来后才给关薇打电话。

关薇答应得很爽快，大概是正巧没课，不然她估计连电话都不会接。

等关薇一到，时春也不拐弯抹角，直接开门见山道："你和邵学长还没有说清楚？我今天看到他，并不怎么好。"

"你就当是我期末太忙，没空理他吧。"关薇拿过桌上的奶茶，狠狠地吸了一大口，才不情不愿地说。

时春不安地皱起眉头："你们吵架了？"

"算是吧！"

"邵学长铁了心打算去上海？"时春略带怀疑的语气，以邵南行对关薇的宠溺程度，显然有些不可能。

"没有。"关薇摇了摇头，好像更忧愁了起来，"现在是他要放弃那边的机会，留在桑中，可他妈妈是什么人啊，平时对我也就勉为其难地敷衍，要是知道邵南行为了我放弃那么好的机会，以后还指不定给我什么脸色呢。而且，他这样做，我也觉得是自己在拖累他。"

"那你想让邵学长怎么样？陪你又觉得自己拖累了他，走了又不放心。"时春有些愤愤不平，"总得有个人需要牺牲吧？"

关薇忽然变得特别正经，盯着时春，正色道："你真觉得靠着牺牲换来的爱情会长久？"

时春一下答不上来，感情的事，没人能说出个绝对，她只得无辜地看着关薇，抿唇思索着。

"如果他为了我没去上海，那万一以后发生什么情况他后悔了，错不是就全在我身上了吗？两个人在一起，不是应该互相都问心无愧，才会觉得值得吗？"关薇说道。

问心无愧？时春忽然有些茫然，这才是她和牧休言走到这一步的原因吗？因为彼此都觉得有愧于对方，所以一旦对方提出任何一个条件，都觉得没有拒绝的理由，哪怕是离婚。

她看着关薇，一下不知道还能说什么。其实关薇比她想的要透彻得多，她为了不受伤害所以躲了起来，而关薇连未来许多年后的长久都考虑了进去，所以才不会允许偏差吧。

"那你现在打算怎么办？"如果关薇真的要和邵南行分手，不说别的，她也觉得可惜吧，明明两人那么要好。

关薇摇了摇头："不清楚，但绝对不是现在这样。"

如此，时春也就没有什么好说的，毕竟是他们两个人的事情，不过她想关薇其实已经想好怎么做了，不过是现在还在拧巴着，等关薇想通了就好。

06

放假之前，时春去了一趟先前和牧休言的新房，之前搬出来的时候匆忙，好些东西都还留在那儿，正巧暑假开始就要正式去瑞方工作了，有些资料也需要事先搬到办公室去，剩下的就直接寄回桐湾吧。

牧休言那天正巧没事，就顺带载她去了瑞方，完事后，她请他吃了一顿饭，倒是算得清清楚楚。

关薇和邵南行的事情给了时春不少提示，不过她和牧休言现在这样倒也没有什么不好，慢慢地寻着时机对了，再谈别的也不是不可以。

暑假开始之后，牧休言自然也就闲了下来，时春却投入正式的工作，每天必须八小时待在办公室，偶尔戚卫礼出门，她还要负责开车，明明像是靠着关系进去的，却没见有半点好处。

听说戚卫礼当年在国外发生过交通事故，因为同行朋友的去世导致不敢接触和车相关的东西，他也是在那个时候认识的卞和，经过治疗后，能够坐车却还是不敢开车。人无完人，不过时春倒是自然地接下了司机的活儿。

卞和的心理诊所正式营业那段时间，时春正巧跟着戚卫礼在外地出差，等回来的时候，卞和的诊所已经进入正轨。

两人打算抽个空过去一趟，顺便聊表祝福，照着地址找到诊所，果然没让她失望，地点选在桐湾一处比较僻静的老城区。

房子还是小院式的，院子里已经翻新种上了栀子花，估计明年就能看见花开，房子被重新粉刷过，整个风格看上去洁净自然，让人一进去就觉得舒适，是卞和给人的感觉。

刚踏进门，时春就发现屋里比她想的要热闹得多，只听见卞和很无可奈何又颇为头疼地在教训人："当初不让你来，你非在这外面守了半个月不肯走，现在就不要嫌无聊。"

"那你为什么不愿意陪我去看新上映的电影？"小姑娘倒也不甘示弱，"明明就一点都不忙。"

"我不忙就非要去看电影？"

"那当然了，这叫互帮互助。"

倒是第一次看见哪个小姑娘让卞和这般没辙，时春和戚卫礼对视了一眼，似笑非笑地走进去："卞和，看来还是桐湾适合你。"

"时春姐姐！"那小姑娘看到时春立即惊呼。

"我们见过？"时春笑着反问。

小姑娘毫不怯场地甜甜一笑："我在卞医生的电脑里见过啊，顺便从卞医生那儿知道了你的名字，算起来也是认识吧。"

时春诧异地笑笑，难得卞和这里有个这么可爱的小丫头，倒是省了她担心卞和一个人。

时春过来，卞和自然也就直接下班，本来这边刚开始也不忙，他热情地招呼着两人出去吃饭，完全忽视了一边被冷落的嘟着个嘴的小姑娘。时春看了看因为不能去看电影而难过的小护士，干脆提议先去看场电影，反正影院附近有吃的。

这样，卞和也不好再说什么只得由着时春安排，戚卫礼倒是看出了时春的心思，笑着竖了个大拇指，其中深意不明而喻。

整个一下午，耳边全是小姑娘的各种声音，倒也没有因为第一次见面而有所拘谨。

因为时春和戚卫礼还要回桑中，也没久留，吃了个饭就赶了回去，出差回来之后还有一大堆事情，足够时春加班熬几个夜的。

牧休言打电话邀请时春去看话剧，是在新学期快要开学的时候，时春多少还是有些惊讶的，这段时间，和牧休言虽然时不时地通电话，但是像这样主动约出去，还是从未有过的。

"堂姐拿来的，说是领导的侄女正好在话剧团，拿了一堆票给她们，正巧她在军区看不了。"牧休言一本正经地解释，话里的意思很明显，正好两张，又恰好没有别的人选，所以才这样决定，理由倒是选得恰当。

难得牧休言这么隆重地邀请，拒绝也说不过去，时春只好应下来："什么时候，到时候直接去找你？"

"周六下午三点半开始，看完差不多可以吃晚餐。"

"那你发短信给我，我怕忘。"时春一边修改着图纸一边说。

牧休言果然是行动派,电话挂了不到半分钟,一条短信就直接进了时春的手机。时春看了看,脑子留了个印象,又开始工作。

为了周末能够赴牧休言的约,看来这个星期是没有偷懒的机会了。

时春觉得戚卫礼之前给自己的安排全都是假象,当初在学校的时候,一个星期都不过是几张图纸,现在一天下来反复修改的一张图纸就已经让她忙得晕头转向。以前都是戚卫礼说要求,做完就可以,现在戚卫礼干脆直接让她和客户联系,那些云里雾里挑毛病的,让她有时候都不知道对方说的是什么。

戚卫礼难得看见时春这么努力,忍不住打趣:"什么时候太阳也从西边出来,我们家小助理都变成小蜜蜂了。"

"这张图纸,为什么一开始不告诉我对方是这么要求的?"时春郁闷地瞪着戚卫礼,义愤填膺的样子。

"对方说要求的时候,你不也在?"戚卫礼浅笑着反问。

时春委屈地撇着嘴:"我哪知道他说的大概五个平方米的空间是在摆完东西之后。"

"所以啊,他们没有学过设计,没有人会像书上一样告诉你长宽高,也没人会欣赏你所谓的艺术,他们只会觉得自己看着舒不舒服。"说着,戚卫礼敲了敲时春的头,"小孩,还是慢慢学吧。"

时春在周末起那么早,倒是出乎了关薇的预料,这段时间,两人还是住在一块,不过房间从之前的一室换成了两室。

"我没做你的早餐,不是说不到十二点不用叫你起来的吗?"关薇躺在沙发上看书,看见时春这么早从房间出来颇为讶异。

"不用,我等下自己找点什么吃的就行。"时春扫了一眼关薇,转身去洗手间。

时春从洗手间出来,在冰箱翻了个苹果一边啃着一边回了房间,关薇见她好半天不出来,好奇地推门进去:"你要去约会?"

本来在犹豫应该穿哪件衣服的时春被突然打开的门吓了一跳,拍着胸脯转过来抱怨:"用不着吓我吧。"

关薇不介意地找了地方坐下,指着衣柜里的一件白色小短裙:"穿这件吧,牧休言保证喜欢。"

没料到关薇一下就看了出来,时春的脸瞬间红通通的,却还是嘴硬:"你怎么这么确定我就是去见他,何况我见他也没必要打扮吧。"

关薇无所谓地耸了耸肩:"我哪知道啊,就是想告诉你,你穿那件好看。"

"好了好了,知道了,你好好出去看书吧,人民女教师。"时春不耐烦地将关薇推了出去,她明明只是不想迟到而已,怎么到关薇那儿就成了迫不及待出去约会呢……何况和牧休言这样,也算不上约会吧。

虽是这样想着,但时春还是穿了关薇说的那条裙子。

虽然已经告诉时春时间地点,但牧休言还是提前在小区楼下接她,看到时春的时候,眼里的惊讶一闪而过。这些天,他没有刻意地和时春走多近,两人保持着一个相对舒适的距离,平常地交流。

考虑到两人先前确实有些太过强求,现在这样倒是挺好。有什么高兴的事，做个一两句话的分享，烦了也是两句抱怨，不会太多，却恰到好处。

从小区离开，两人直接去了剧院。

牧休言的时间卡得刚刚好，两人到达之后，正巧排队进场，话剧是经典剧目曹禺先生的《雷雨》，时春在上学那会儿学过，不过真正在剧院看，倒是头一次。

话剧一开始，时春便被里面的气氛给感染了，整个过程中，都是静静地看着这出戏，说不上感动，却是很认真的模样。

结束之后，两人选了家露天的餐馆吃饭。

太阳已经沉下去，在天边留下一处火烧云，对于牧休言今天的行为，时春没有好奇地追问。

安静地吃完饭，天已经全黑下来，牧休言问时春要不要去江边走走，时春想了想，没有拒绝。

这个时节，傍晚散步的老人很多，成双成对，让时春有些羡慕。倒是一位老奶奶，看着他们俩这样郎才女貌的样子，不由得赞叹："小两口也是出来散步？"

时春笑了笑，正想要解释说他俩不是小两口时，牧休言已经抢先一步说："听说今晚江中小滩有焰火表演，当然要过来看看。"

所以是有备而来？时春诧异地望向牧休言，他已经说出她所想："我知道你想问什么，等焰火结束后再问吧。"

不远处江滩的焰火表演已经开始，五颜六色的烟花在天空轰然炸开，那美丽哪怕只是一瞬,却已然让人怀念。

"宿时春。"牧休言忽然转头望向时春,"大概三年前的这个时候,我娶了你,三年后的今天,我想郑重地告诉你,你就是那个人,我想要共此一生、呵护爱惜的那个人。"

时春惊讶地抬起头,一时间竟然局促到找不到自己的声音,脑袋里一片嗡嗡炸响。哪怕早在一开始就已经有所准备,却在牧休言说出口的那瞬间,还是忍不住慌乱起来。

"牧休言,你……确定你在说什么?"时春迟疑着。

牧休言直视着她的眼睛,慢慢地贴近她的耳边:"我确定,我想要和你在一起。"

一时间,世界静得好像只能看见彼此,时春微微扬起嘴角,终于主动伸出双手抱住牧休言:"谢谢。"

牧休言回应着时春的拥抱,用时春恰好能听到的声音,在她耳畔温柔地说:"我也是。"

经过那么多事情,有过那么多不愉快的经历,在漫长岁月分离错失之后,他们还能够重新走在一起,都应该对彼此说声谢谢。

谢谢你,原谅我的诸多不足;谢谢你,没有放弃;谢谢你,爱我。

江滩的烟火还在继续,不过这对他们而言,已经是另一番情景。

开始太糟糕,不重要;中途太艰难,不重要;熬过了才知道,结局,依然美好。

——正文完——

嘿，那只淡定君
HEINAZHI
DANDINGJUN

番外一 ///

牧休言 · 我在后悔，没有早点爱上你。

回顾过去的时候，总是会给人一种此终此果，早在一开始就注定好的错觉。

他看着躺在自己怀里的时春，在温暖的春光中，温顺得像是小猫，慵懒且不设防备。

他的手有意无意地摸着时春的头发。前段时间，时春总觉得长头发碍事，提了好多次之后，终于狠下心剪掉了，虽然事后便后悔，他倒是觉得挺好，喜欢有事没事揉一揉。

脑中闪过和时春发生的点滴，两人的感情似乎总是淡淡的，当然他好像也不是太会挥洒感情的人。经过了那么多事，他们依旧给对方保留了一定的空间，但是，只消一个眼神，就能知道彼此深情。

思绪回到十几年，那是他第一次真正见到时春。

那天的风很温暖，但他还是感觉到周遭气氛的凝重，爷爷向来不苟言笑的脸拉得更长，先前还笑嘻嘻的宿爷爷也变得严肃至极，父亲只能站在一旁不敢说话，地上跪着的宿叔叔视死如归。

他像是无意闯进某个禁地，一瞬间慌了神，不知进退。

他知道宿家的存在是因为爷爷总是指着胸口告诉他，自己的那条命是宿家救的。

那时候他就好奇，那个救下爷爷并让爷爷常挂在嘴边的宿家，到底是个什么样子，现在他见到了，却和他想象中有些不同。

"大哥哥，你在这里做什么？"身后传来小女孩稚嫩的声音，让他一激灵，瞬间回过神来，"爷爷说过，大人说事情，小孩子是不可以随便进书房的。"

"我想上厕所。"他赶紧将门一关，故作镇定的脸红成一片。

这便是他第一次见着时春，那个还不知道家里已经发生天翻地覆变化的小姑娘，以为他不过是来她家串门的大哥哥，友善的提醒、脸上的笑容，让他心间一怔。

大概是想里面的场景她并不适合知道，又或者是她脸上的天真，让他觉得她不应该知道，总之，他撒了谎。

"我带你去。"时春并没有发现这句话的诸多漏洞，脸上依旧是笑容甜甜。

临近厕所的时候，他忽然想起了什么，话锋一转，问时春："听爷爷说，你家院里有鸟窝？"

"咦！大哥哥想看吗？里面还有小鸟，可可爱了，前几天还掉下来过,我让爸爸给放了回去。"本来走在前头的时春猛然回头,被他打开话匣子般地说着,眼里全溢满了笑。

"真的有?"

那时候的时春对于他的怀疑,并不生气,骄傲地扬起小下巴:"我带你去看,但是只能远远地看哦,妈妈说,不能打扰它们。"全然忘记,本来是应该带他去厕所的。

他认真地点了点头,却撇开了时春伸过来的手。

因为他的拒绝,时春好像有些失落,却不过一瞬,随即搬着两张小椅子,兴奋地往院里跑去,甚至忘了脚下的路。

没有注意门口台阶的时春,果不其然地摔了一个大跟头。他想,那个时候的她应该很疼吧,她却一声不吭地自己爬起来,拍了拍膝上的灰尘,傻傻地笑着,告诉疾步走到她身边的他:"不疼。"

"嗯。"牧休言扶起地上的椅子,伸手将那只摔得红红的小手掌握进手里,"这样就不会再摔。"

时春冲牧休言感激地笑着:"谢谢大哥哥。"并没有告诉他,手上刚刚摔得有些疼,被他这么一握,更疼。

两人真的端正地坐在椅子上,看着鸟窝里时不时冒出来一个头的小鸟,以及飞走又飞回来的鸟妈妈。

时春会时不时地冒出几句话来,而他不过是冷着脸听着,直到太阳下山……

如果早知道,他们后来的纠缠会那般紧密,他想那个时候,他就应该在一开始握住那双小手，至少不会让她在自己面前摔倒。

怀里的人不知道什么时候已经醒过来，疑惑地问他："休言，你想什么呢？"

他这才收回思绪，看着她，半晌没有说话，最终，低头浅浅地在她额头一吻，接近唇语的低喃："时春，我开始后悔，没有在那时候就知道自己会这般爱你。"

"那时候？"时春被他忽然的煽情说得脸一红。

"嗯，很早的时候，早一点爱上你。"

番外二 ///

> 卞和 · 多想告诉她,他想她,每个细胞都在想。

每天晚上靠着宿醉和药片才能睡着的日子真的很难受,都说医不自医,大抵是因为没有人敢对自身的状况做结论吧,但他知道,他的病又严重了。

晚上八点到来的台风迫使人们不得不关紧门窗,不过今晚他并不打算这么做。

风从敞开的窗户吹进来刮得窗帘胡乱飞舞,房间里像是随时都有可能被这场暴风雨浇个彻底。

半年前,诊所的前辈说他已经不适合继续从事心理诊疗工作,因为他的情况并不乐观,有人说学心理的,百分之九十的人多少也存在着心理问题,看来他也逃不掉这个魔咒。

他并不难过,或许这是一个很好的机会,离开这儿回国的好机会。

如此，也不会让母亲觉得他是因为他们生了妹妹，故而做此决定，反而还有一个恰当的理由——放松心情。

离开桐湾，他便刻意不去和时春联系，他不知道自己还会不会回来，而他知道她一定不会出国。对于没有把握的事，他不敢过早许下承诺，就像离开时，他什么都没有说一样。

现在他回来了，一切又都要另作打算。记忆中，她的模样依旧清晰明朗，哪怕是离开了这么多年，连桐湾的印象都模糊，她却倒像是被刻在脑子里。

一下飞机，他就马不停蹄地去找她，生怕错过一秒，他们之间已经错过了这么多年，他不允许再错下去。

可，他还是来晚了。

得知她结婚的那一刻，震惊是有的，但是更多的是疑惑。

她不是应该在读书吗，为什么会结婚？可听说是牧家，也就觉得不是没可能。只是就算是和牧家，他也不允许。

怒火中烧地去找她，不为别的，只是因为她应该是他的，是他安放在家乡的一株栀子花，坚强且倔强地开着花，只等着他回来。

何况，她和牧休言之间根本没有爱情。

可到了她面前，他将事先准备好的台词说完之后，就想不到任何的劝谏理由，最后竟成了落荒而逃的那个。

听着她说那些合情合理却故作坚强的话，他才意识到，他们之间，真的生生地错过了。

喝醉那晚，究竟是真喝醉了还是借酒装疯，他不知道，只是模糊地听着戚卫礼打电话过去的时候，他心里是欢喜的。

她真的来了，他心里也是欢喜的，知道她在照顾他，心里依旧欢喜。

只是在他借着酒意吻她而被推开时，他看见了她眼里一闪而过的抗拒，不是因为害羞，不是因为愧疚，而是在抗拒他。

除夕那夜，桑中下了好大的雪，他一直等着她的电话。可戚卫礼打来了，关薇打来了，甚至连远在国外的母亲都打来了，却唯独她没有。

他只好主动打过去，可听着电话里传来另一个男人的声音，他才知道这样的自己有多愚蠢。

她问他还能不能继续做朋友，他看出了她眼里的真诚，是的，她对他已经没有了以前的心思，现在的她在他面前，澄澈透明，她已经把那些心思留给了另一个人，或许连她自己都没有意识到。

都说这样的下雨天一点都不好，他全然同意，因为不知不觉间，他已经喝完了两瓶酒，可窗外的雷声，被风刮得呼呼作响的窗帘，都搅得他的意识异常清晰，让他不得不沉溺过去。

他又强灌了自己半瓶酒，是故意为之还是情不自禁，他拨通了她的电话，在准备挂掉的时候，她的声音从听筒传来，分外清晰。

他忍不住想把心里压抑的这些都说出来，或许真的是喝醉了，既然喝醉，是不是可以什么都不用管了。

告诉她,他其实很想她,在国外担心她在国内过得怎么样,哪怕明知道这些根本不用他操心;想知道她有没有交新朋友,遇到不会解的问题怎么办,考上哪所学校,会和谁分享小秘密?

他想她啊,想到每个细胞都涨得生生地疼,却又不得不压抑着。

因为,他做不到去破坏她的婚姻,哪怕他从没承认过那一桩婚姻。

这样的晚上,还真是什么都容易交织在一起,他烦躁地丢开手中又空了的酒瓶,到底是从什么时候开始,他变成了这副模样,可却又不得不靠着酒精活着。

他或许应该来一场沉睡,至少不让他陷入想她的怪圈中。

模糊间,他好像听见了她的声音,回应了他的想念,看来自己真的喝醉了,不然怎么会觉得她近在眼前呢……

小 花 阅 读

【余生多甜蜜】系列

FLORET
READING

《嘿，那只淡定君》
狸子小姐 著

标签：设计系灵动少女|淡定竹马教授|情不如愿的婚后心动日记

内容简介：
牧休言会一直照顾宿时春。这句承诺经历了时光变迁后，苍白如纸。她嫁给了他，他却出国留学，对她丝毫没有留恋。辗转三年，她以为自己将困在这不幸的婚姻中直至被丢弃，却没想到他突然回国，成了她的大学老师。他指导她的学业，照顾她的生活，甚至对她有了不小的控制欲。
他说："时春，既然我们已经种在一起了，也许该尝试着开出花来。"

《那个美丽的傻瓜》
东耳 著

标签：异国浪漫奇遇 | 野外原始心动 | 我爱你，一触即发

内容简介：

她是自立坚强的杂志首席摄影师，却被迫与人结下无爱的婚姻。痛苦之下，她去了外国拍摄野生动物，却意外遇见了面冷高大、心思缜密的他。

他身为野生动物保护专家，一直将这个落水女孩视为弱小动物，却没想到她逐渐展露的强大，超乎他的想象！

当悄然而生的心动叩响心门，当那禁锢的牢笼步步紧逼，她和他又将展开怎样的都市恋爱冒险……

《等我嫁给你》
闻人可轻 著

标签：报复与利用 | 酒吧驻唱歌手 VS 精英海龟 | 原来我比想象中更爱你

内容简介：

苏锌原本是柳沙土财主苏打之女，四年前苏父替自己的旧情人背锅了一起车祸事件后，造成家破人亡，于是从那晚开始仇恨的种子深埋心中，等待着有一天有机会亲手毁掉杨青的一切。

直到四年后，苏锌利用身边的好友认识了杨青从海外归来的儿子池少时，也顺利地进入了他的身边，报复和利用也从此刻开始，苏锌算到了一切，却仍然算失了自己的心。池少时问她，是否曾经爱过他，苏锌说，没有。池少时苦笑，苏锌却说，但是以后，我只爱你。

《喜欢就要在一起》
东耳 著

标签：一夜惊喜 | 机缘巧合之恋 | 喜欢就要在一起

内容简介：
她的人生在一次愉快旅程后来了个急转弯，遭人陷害，意外怀孕，她甚至都不知道那个共处一晚的人到底是谁！
她辛苦地寻找真相，可越是探究，越是发现一切不止她想象中那么简单！
当她意外触及阴谋一角时，震惊之余，也心生退意。但她万万没想到，这时候与她共度一夜的人竟主动找上门来！
他微微一笑道："我知道你在找我，初次见面，我也喜欢你。"

《宠爱捕捉进行时》
W十一 著

标签：叛逆少女VS禁欲总裁 | 边养边宠边爱 | 追妻之路

内容简介：
禁欲总裁被迫接手十七岁叛逆少女，开启调教之路。只是，明明是一场别有用心的宠爱，到最后却不知搭进了谁的真心。
倘若有那样一个人，他出身尊贵，优秀强大，出现在你最为叛逆、绝望的成长期，陪着你将所有叛逆、糟糕、悲苦熬成优秀，你成为更好的你，怎么能不为他而心动。